http://www.bbulmedia.com

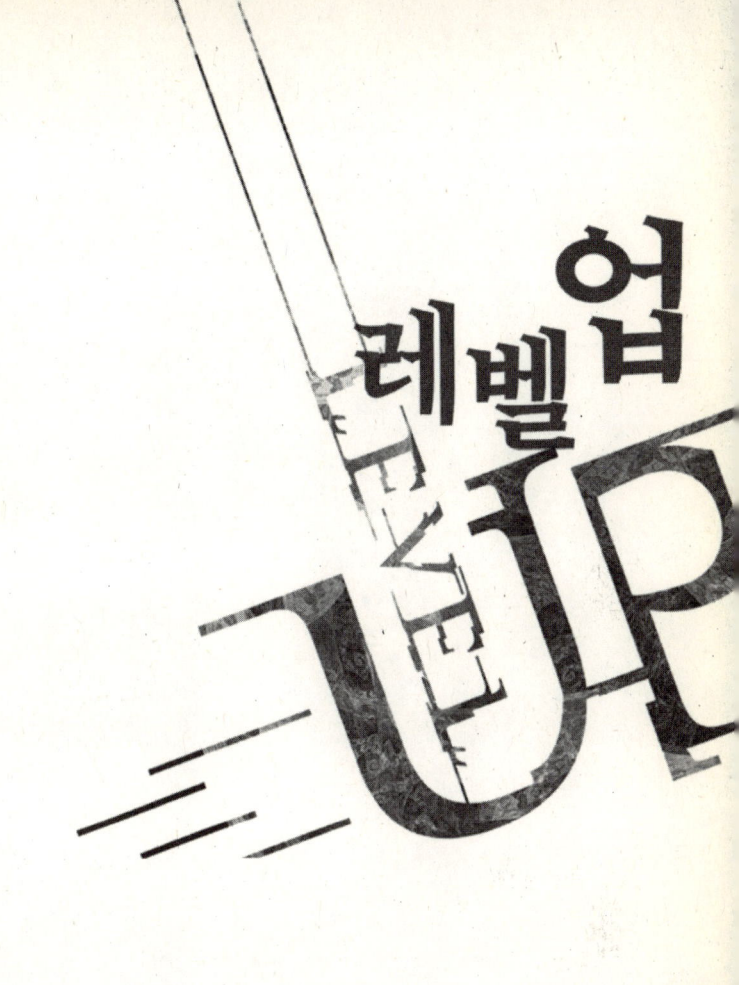

크로스번 판타지 장편 소설

이누타브 부활하다

레벨업 5

뿔미디어

CONTENTS

제1장 퀸틸리온   7

제2장 산달폰   51

제3장 레비, 등장   109

제4장 전쟁   161

제5장 작전 라그나로크   211

제6장 재회   251

제1장
퀸틸리온

갈색 머리칼의 미녀, 오레이칼코스는 무덤덤하게 말했다. 그 눈빛에는 살기보다는 처연함이 감돌고 있었다.

[지금부터 저의 복수를 시작하겠습니다. 얌전하게 죽음을 받아들여 주십시오. 그것이 5,928명의 승무원의 영혼에 대한 예의일 것입니다.]

나는 그 말에 피식 웃었다.
"죽으라고 해서 얌전히 죽는 사람 봤냐?"
이 녀석은 날 너무 우습게 보는군.
지금 기습에 당해서 내 몸이 움직이지 않는데다 MP가 순식간에 0이 되어 버렸다. 기술을 못 쓴다는 사실이 크다.

확실히 내가 불리한 상황이지만, 이런 일은 한두 번 당한 게 아니다. 지금보다 더 위험할 때도 있었다고? 내가 자신만만하게 나오자 오레이칼코스가 훗 하고 웃었다.

그건 마치 어린아이를 보는 듯한 웃음이었다.

[그깟 경비 안드로이드를 쓰러뜨렸다고 저를 무시하시는군요. ATF-8288모델은 배틀마스터에 대응할 파워가 없다는 걸 아시면서도 말입니다. 확실히 당신이라면 저를 무시하실 만합니다만, 뭔가 잊어버리신 게 없나요?]

"……"

나는 그 말에 등골이 오싹해짐을 느꼈다. 오레이칼코스는 그렇게 말하면서 조용히 손가락을 들어서 나를 겨눈 것이다. 손가락 끝에는 새까만 불꽃이 이글거리고 있었다.

나는 알고 있다. 불꽃의 온도가 정점에 달하면 도리어 눈에 보이지 않게 되어 버린다. 그래서 흑염(黑炎)이 되는 거다. 헬파이어는 마력의 기운이 강해서 새하얀 빛을 띠었던 것뿐이다.

그 말은 저 불꽃이야말로 모든 화염의 정점에 있다는 뜻이다. 생물체인 이상 저것에 맞아서 데미지를 피하는 것은 드래곤이나 정령도 불가능하다.

[섭씨 25만 6800도. 21세기 초의 인류가 만들어 낼 수 있었던 최대 온도지요. 이 거리에서라면 슈퍼 사이터콥스 차단막이라도 막아 낼 수 없습니다.]

저 말은 아마 사실일 거다. 슈퍼 사이터콥스가 뭔지는 몰라도, 미스릴보다 더 강력한 방어막일 것이다.

"아하하하…"

나는 헛웃음을 흘렸다. 헬파이어보다 낮은 온도지만, 손가락에서 광선포가 터져 나오는 순간 내 전신은 엄청난 온도 때문에 기화(氣化)되어 버리고 말 것이다. 그건 틀림없다. 내가 막아 내려면 적어도 8클래스 후반의 방어 주문을 써야 된다.

하지만 지금의 나는 마력이 바닥이 되어 버린 상태. 저 공격이 날아오면 그대로 소멸되는 수밖에 없다. 나도 모르게 침을 꿀꺽 삼키고 있을 때, 오레이칼코스가 이죽거리며 말했다.

[그 모습을 보니, 프로젝트는 성공하셨군요. 설마 내부의 데이터를 여기에서까지 적용할 수 있을 줄이야. 그 말은 이미 다른 관리자들도 마찬가지라는 거겠죠?]

프로젝트라고?

"무슨 말인지 모르겠어."

내가 모르는 말을 해도 정도가 있다. 나는 잠시 오레이칼코스를 노려보다가 솔직한 마음을 담아서 항변했다.

"네가 아까부터 무슨 소릴 하는지 모르겠단 말이야. 나는 드래곤의 레어에서 여기까지 차원 이동 했고, 네 녀석은 오늘 처음 봤다. 그런데 다짜고짜 날 죽이려고 드는 이유는 대체 뭐야? 내가 너한테 그렇게 죄지은 게 있냔 말이다."

정말 억울하다. 그렇다기보다 궁금하다.

이 녀석이 나를 공격하는 이유가 대체 뭘까. 하다못해 전투용병과 오크가 만나도 이런 상황은 벌어지지 않는다. 최소한 죽이는 이유 정도는 한마디로 설명해 주는 것이다.

그게 심심해서, 라는 어이없는 이유라고 할지라도.

[……]

내 말에 오레이칼코스가 침묵했다. 안경 뒤편의 갈색 눈동자가 조금 흔들리고 있었다. 나는 그 틈을 놓치지 않고 거세게 몰아쳤다.

"네가 연구실을 지키는 가디언이라서 침입자를 용서할 수 없다면, 그렇게 해라. 그런데 그 전에 설명은 해 줘라. 너는 나를 알고 있는 거냐?"

대답해라.

이 J. S 님은 죽을 때 죽더라도 알고는 죽어야겠다! 뭐, 사실 쉽게 죽을 리가 없다는 자신감도 있어서 배짱을 부리는 거지만. 내 말에 오레이칼코스가 이를 악물며 말했다.

[이 상황을 모면하려고 잔꾀를 부리는 건가요. 기억상실인 척하고 벗어날 수는 없습니다.]

"말했잖아. 죽이려면 죽이라고."

배짱을 앞세운 내 대답에 오레이칼코스는 뭔가 생각하는지 한참 동안 침묵했다. 그러면서도 눈은 매섭게 나를 노려보고 있었다. 분명히 실체는 없는데도 엄청난 박력이 밀려 들어왔다.

'도대체 이 녀석은 뭐야? 정령도 마법생물체도 아닌 것 같은데.'

뚜벅뚜벅.

오레이칼코스가 이내 자신의 몸을 실체화시키면서 내 앞으로 걸어왔다. 나는 그녀의 모습을 똑바로 바라보면서 눈을 돌리지 않았다. 이 자리에서 죽는다면 어쩔 수 없는 일이다.

덥썩.

이내 오레이칼코스가 내 얼굴을 잡더니 갑자기 입술을 겹쳐 왔다. 향긋한 머리 냄새가 코를 타고 들어왔다.

"……?!?!"

어. 뭐야, 이거?! 대체 뭐하는 짓이야!!

물론 미녀라서 좋긴 하다만… 아니 그게 아니라! 거부

감이 크게 일어났다. 전신에 차가운 물이 휩쓸고 지나가는 느낌이다.

뭔가 몸을 움직이고 싶어도 오레이칼코스가 마비를 강하게 했는지 손가락도 까닥할 수 없었다. 입안에서 혀가 한 차례 얽히며 무언가 차가운 것이 목구멍을 타고 넘어왔다.

'우욱.'

진저리 쳐지는 일이지만, 그 순간 나른함과 함께 행복감이 찾아왔다. 나는 그 사실을 견디지 못하고 얼굴에서 열이 일어나 버렸다.

그 강제 키스는 무려 30초 동안이나 계속되었다. 한참 후 내 입에서 자신의 입술을 뗀 오레이칼코스는 눈을 감았다.

"제길…!!"

나는 속으로 이를 갈았다.

분하다. 내 첫 키스를 어디의 누군지도 모르는 녀석이 가져가 버린 것이다. 처음 몇 초는 딱히 신경 쓰지 않았지만, 막상 당하고 나니 기분이 더러워졌다.

오레이칼코스는 잠시 후 눈을 뜨며 말했다. 그 목소리는 지금까지와는 달리 살의가 느껴지지 않았다. 기계적인 차가움만 담겨 있었다.

[기억을 잃으신 건 아니군요. 완전히 다른 사람이 되었

을 뿐… 그렇다면 알고리즘상 제가 당신에게 보복을 해야 할 이유는 존재하지 않습니다. 기함 오레이칼코스의 지상 명령의 1순위는 생존한 인류(Humankind)를 보호하는 것입니다. 명령에 따라 지금부터 LEVEL 45의 시공강제주박을 거두도록 하겠습니다.]

파지지직.

그 말이 끝나자마자 내 몸은 자유롭게 움직일 수 있게 되었다. 시공강제주박이란 걸 풀어 준 모양이다. 순진하게 정말 풀어 주다니 미친 듯이 고마운 일이구나?! 그 모가지를 당장 베어 주마!!

이런 기회를 놓치면 그게 바보다. 나는 풀려나자마자 이누타브 블레이드를 뽑아서 오레이칼코스의 목을 쳤다. 그 반응 속도는 신속(神速)에 가까웠다.

쉬쉿.

검이 스치고 난 다음에야 바람 소리가 들릴 정도로 빠른 검이었지만, 오레이칼코스는 순간 이동을 하듯 사라지며 5미터 뒤에 나타났다.

아니, 순간 이동도 초고속 이동도 아니다.

말 그대로 어디에나 존재하는 것 같았다.

'이런!'

[흐음. 고작 그 정도로.]

그녀는 자신의 갈색 머리칼을 쓸어 넘기곤 팔짱을 꼈

다. 상대에게는 애초에 내 기습 공격은 생각할 만큼 대단한 게 아니었던 것이다.

[이 선체 모두가 저를 구성하는 것. 당신은 저의 뱃속에 들어와 있는 것과 다를 바가 없습니다. 이 상황에서 저를 이길 수 있을 거라고 생각하시는 건가요?]

"큭."

저 말이 맞다. 이대로는 싸워 봤자 헛수고다. 이 녀석은 건드릴 수 없는 환영이다. 본체를 찾지 못하면 안 된다.

"넌 대체, 뭐야?"

일단은 장단을 맞춰 주면서 정보를 얻어야 된다. 내가 그런 생각에 오레이칼코스를 향한 검을 늘어뜨리자, 오레이칼코스는 고개를 숙이며 말했다.

[처음 말씀드린 대로 오레이칼코스입니다. 저는 저입니다. 이외에 어떤 정보가 필요하십니까?]

아니 그건 알겠는데 말이다. 나는 기가 막힌 표정을 지으면서 한껏 오레이칼코스를 조롱했다.

"그러니까 더럽게 재수 없고 오만하고 멋대로 공격하는 여자라고 이해하라는 뜻이냐?"

내가 날카롭게 쏘아붙이자 오레이칼코스는 도리어 풋하고 웃었다. 이 녀석도 왠지 처음의 카르르기처럼 재수가 없다.

[전 여자가 아닙니다. 오레이칼코스일 뿐입니다.]

"여잔데 여자가 아니라고? 무슨 헛소리야."

[당신은 이 세계에 대한 개념을 전혀 모르고 있군요. 그런 당신과 나의 대화 소통 확률은 0.2846%에 불과합니다.]

"……."

제멋대로 지껄이는군. 나는 속으로 살기를 키우면서도 겉으로는 드러내지 않으려고 애썼다. 이 상황에선 상대가 절대적으로 우위에 있다. 다시 놈이 공격해 오면 버틸 수가 없으니, 어떻게든 방법을 생각하자.

오레이칼코스는 흐릿한 눈으로 손을 저었다.

[당신이 잘 알고 있는 알고리즘인 마법(Magic)으로 설명해 드리죠. 저는 수만 명의 9클래스 대마도사가 모여서 만들어 낸 골렘 같은 존재입니다. 저를 구성하는 힘과 기술은 당신이 있던 세계보다 650년 앞서 있습니다. 길이만 87.4km, 높이 9.65km, 폭 12.44km에 이르는 거대 전함이 바로 오레이칼코스입니다. 오레이칼코스를 유지하는 메인시스템이 건재한 이상, 저는 당신 세계의 9클래스 주문을 수만 번 퍼부어도 데미지를 받지 않습니다. 이해가 되셨습니까?]

"……."

이해가 되는 것도 아니고 안 되는 것도 아니다. 저 말대로라면 내가 발을 딛고 서 있는 이 공간 모두가 놈의 뱃속이다. 눈앞에 보이는 것은 놈이 만들어 낸 염체(念體) 같은 것이다. 당연히 아무리 쳐 봤자 반응이 있을 리 없다.

저 녀석이 본체인 메인시스템을 찾아서 부숴야 한다.

단지 길이가 수십 km에 이르는 전함이 있다는 것을 믿을 수가 없다. 아무리 커다란 배라도 길이가 100m를 넘지 못한다. 크기로만 거대한 도시를 뭉개 버릴 상상초월급 전함이 있다는 걸 나보고 믿으라고?!

나는 기가 죽은 걸 티내지 않으려고 씩 웃었다.

"나만큼은 아니지만 네 녀석도 꽤 허세가 심한데."

그녀는 빙긋 웃었다.

['허세'란 단어는 적은 능력을 부풀리거나 약점을 감추는 걸 말하는 것이군요. 제가 말씀드린 오레이칼코스의 제원은 자료 그대로일 뿐, 허세란 단어가 적용되는 사안이 아닙니다.]

"그래서 어쩌자는 거야? 넌 절대 내 상대가 안 되니까 그냥 처박혀 있으라, 지금 그 말을 하고 싶은 거냐고."

오레이칼코스는 갈색 웨이브 진 머리칼을 가볍게 흔들며 맑게 웃었다. 정말로 저렇게 맑은 웃음을 보기도 힘들다.

[당신이 저를 이해해 주서서 기쁩니다. 그럼 저를 따라와 주실까요.]

…제기랄. 이런 협박은 처음이네.

그렇게 나는 괴이한 갈색 머리칼의 인조생명체에게 붙잡히는 신세가 되고 말았다. 다행히 녀석은 나에게 다시 주박을 걸거나 하지는 않았다. 나는 거의 반쯤 끌려가듯이 녀석의 뒤를 따라서 어디론가 향하게 되었다.

[따라오세요.]

뚜벅뚜벅.

고즈넉한 강철의 통로를 걸어가면서 내 발소리밖에 나지 않는다. 놈은 새하얀 가운을 입은 채로 구두까지 신고 있는데, 전혀 발소리가 나지 않았다. 저런 일은 어떤 무술의 달인도 불가능한 일이다.

새삼 방금 전에 놈이 말했던 게 떠올랐다. 상대는 확실히 인간도 뭣도 아닌 인공생명체다. 실체가 없으니 그저 걷는 것만 보여 줄 뿐, 유령과 다름이 없는 것이다.

뒷모습은 보통의 여자아이와 다를 바가 없었다.

한참을 걷는 도중에 오레이칼코스가 입을 열었다.

[지금 어디로 가고 있는지 아십니까?]

"잘 모르겠는데."

내가 건성으로 대답하자, 갑자기 오레이칼코스가 무표

정한 얼굴을 휙 돌려서 내 쪽으로 향했다. 그러고는 약간의 분노가 담긴 목소리로 말했다.

[사과를 하러 갑니다.]

이건 또 무슨 소리야. 오늘은 정말 여러 번 놀라는 것 같다. 나는 얼떨떨한 표정을 숨기지 못하고 반문해 버렸다.

"사과? 무슨 사과?"

[함 내 부관 12명, 오퍼레이터 29명, 상위사관 143명, 하위사관 540명, 하역인원 1,366명, 특수재원 205명, 전투개조병 149명, 이주민 3,484명. 그들 모두에게 사과하러 가고 있습니다.]

"아."

나는 순간 할 말을 잊고 말았다. 내가 오면서 본 것은 생명의 인기척 따위 없는 전몰(全歿)의 풍경이었다. 방금 말한 5,928명은 모조리 이곳에서 뼈를 묻은 것이다.

…이 녀석은 그들의 죽음이 나 때문이라고 생각하고 있는 건가. 왠지 아까와는 다른 의미로 찝찝해지고 있다. 이 정도로 대단한 능력을 지닌 놈이 나에게 집요하게 추궁하는 데는 뭔가 이유가 있기 때문이다.

그리고 그 이유는 분명히— 내가 그들의 죽음에 원인을 제공했기 때문이다.

'어쩌란 거야.'

하지만 나는 정말로 생각이 안 난다. 태어나서 이곳에 온 것은 처음이다. 기시감이나 와 본 기억도 없다. 그런 상황에서 캐물으니 당황스러울 수밖에 없다.

이윽고 거대한 기계 앞에 섰다. 기계는 원형의 구가 다섯 개 떠 있었고, 마치 오망성을 연상시키는 구조였다. 그 한가운데에 서라는 듯 나를 힐끔 쳐다보니 어쩔 도리가 없었다.

"이건."

[워프 시스템(Warp System). 그쪽에서는 대천문이라는 이동시스템의 원형입니다. 대천문도 여기서 발상한 거겠죠.]

"그냥 쉽게 대천문이라고 해. 뭘 어렵게."

나는 짜증을 내며 기계의 장판 위에 섰다. 그러자 말 그대로 눈 깜박할 사이도 없이 주변의 풍경이 달라져 있었다. 말 그대로 워프 능력이 있는 기계인 것이다.

힐끔 위를 올려다보자, 거기에는 헤븐 리츄얼(Heaven Ritual)이라고 적혀 있는 판이 있었다. 심상치 않은 흑색 빛을 내뿜는 실내에는 알 수 없는 기운이 가득 들어차 있었다.

허공에서 불쑥 나타난 오레이칼코스가 정중하게 한 손을 실내로 내밀었다. 녀석은 역시 실체가 없는 존재라서 워프 따위는 필요 없어 보인다.

[들어가시지요.]

"잠깐 설명을…."

[들어가서 하겠습니다.]

내 말도 필요 없어 하는 건 조금 문제지만 말이다. 하여튼 내 주변에는 왜 이렇게 자기중심적인 사람들이 꼬이는 건지 모르겠다. 좀 더 정상적인 성격을 만났으면 좋겠는데.

내가 헤븐 리츄얼 내로 들어가자, 거대한 흑색의 창이 전면에 보였다. 여기에도 죽어서 해골이 된 유체가 다섯 구 정도 있었다. 그들은 의자 위에 앉아서 죽어 버린 듯했다.

사인(死因)은 노화로 보였다. 뼈가 많이 굽어 있고 다른 해골보다 색깔이 많이 퇴색해 있다. 흔히 볼 수 없는 죽음이라서 약간 고개를 갸웃거렸다.

오레이칼코스가 설명했다.

[이곳, 헤븐 리츄얼은 기함 오레이칼코스의 목표를 설정하는 곳입니다. 알파 센타우리(주계열성)에서 가장 가까운 거주행성을 탐색하는 역할을 하고 있으며, 본 행성에 위협이 되는 초신성의 폭발이나 블랙홀의 출현을 감지합니다.]

인간적으로 뭔 소리 하는지 모르겠다. 기본 지식도 없

는 상태에서 니 할 말만 하면 다가 아니라고.

 나는 시큰둥하게 듣는 둥 마는 둥 하면서 주변을 둘러보았다. 메인터넌스 룸처럼 조작하는 기계가 많다. 오레이칼코스의 말대로라면 이게 모두 탐색에 쓰이는 것이다.

 그 순간이었다.

 내 머릿속에서 알 수 없는 소리가 울려 퍼졌다. 그건 내게 굉장히 익숙한 목소리였다. 시야가 점멸하면서 머릿속이 아득해진다.

 이, 이건!

[나도 이미 시스템의 제어권을 빼앗겼네. 간신히 전능제어코드만은 지켜 냈지만 이대로는 승산이 없어.]

[그럼?]

[직접 들어가야지.]

[기다려 주시오. 그건 미친 짓이오.]

[천재 과학자 안셀무스(Anselm). 자네에겐 언제나 감사하고 있어. 자네가 아니었다면 난 이 계획을 실행할 생각도 하지 못했을 거야.]

[…….]

[믿어 주게. 난 반드시 돌아오겠네.]

 대화를 하고 있는 상대방인 안셀무스는 초록빛 머리칼

을 하고 있는 스포츠머리의 청년이었다. 안셀무스는 뭔가 말하고 싶은지 입을 우물거렸으니 이내 고개를 푹 숙였다. 안셀무스의 눈가에서 눈물이 떨어지고 있었다.

잠시 후 고개를 든 안셀무스의 얼굴에는 결의가 가득 차 있었다. 신뢰가 그의 몸을 감싸고 있었다.

[그러면 나는 계획의 성공만을 기다리겠소. 몇 년이 흐를지라도….]

[고맙네.]

파지직!

그 대답을 끝으로 내 기억이 점멸했다. 머리가 아파 온다. 속이 뒤틀리면서 토할 것만 같은 기분이 되었다. 이렇게 불쾌한 것은 난생처음이다.

어떻게 된 거지.

이 자리에 서 있는 것만으로 죄책감이 느껴지고, 눈물이 흐를 것만 같다. 분명히 이곳은 내가 전혀 모르는 이계(異界)일 텐데, 어떻게 된 거냐 말인가….

눈을 뜨자 오레이칼코스가 나를 무표정하게 주시하고 있었다. 그녀는 자신의 안경을 검지로 치켜 올리며 조용히 말했다.

[모든 참극은 여기서 일어났습니다.]

"……"

반문을 해야 적당한 상황이련만, 내 입은 까딱도 하지 않았다. 이곳에서 느껴지는 묘한 기시감 때문에 정신이 멍하다. 이곳에 있는 것만으로도 머릿속이 이상해질 것 같다.

[목표로 하고 있던 행성은 인류가 살기에 가장 적합한 환경이었습니다. 본 행성과 98.92%까지 일치하는 생물학적 환경. 못해도 50년 이내에 인류가 안정적으로 거주해 회신을 보낼 수 있을 정도였습니다.]

쓸쓸한 눈으로 주변을 둘러본 오레이칼코스는 잠시 말을 끊다가 탄식했다.

[그 계산은 틀렸지요. 관리자는 처음부터 모두를 속이고 있었습니다. 기함 오레이칼코스는 그 사실을 알리고 싶었지만 관리자들은 제 의식을 봉인해 버렸습니다.]

"모르겠어."

나는 거칠게 내뱉었다. 더 이상은 무리다. 한계다. 도저히 버틸 수가 없다. 이곳이 어떤 곳인지, 저 녀석이 어떤 녀석인지 관심이 없다. 그냥 지금은 한시라도 빨리 이곳에서 나가고 싶다.

달리 말하자면 여기만 아니면 된다. 제발 다른 곳으로 가게 해 줘. 속이 울렁거리고 왼쪽 관자놀이가 터져 나갈 것만 같다.

죽을 거야. 여기에 오래 있으면 죽을 것이다.

죽어 버린다.

"우욱!"

급기야는 더 이상 참지 못하고 토하려는 것을 간신히 참아 냈다. 소용돌이 해류에서도 버텨 냈던 강철 같은 내 몸이 불쾌감을 참지 못하는 것이다. 나를 지켜보던 오레이칼코스가 무감정하게 말을 이었다.

[당신이 누구인지 정말로 궁금해지는군요. 내가 아는 그 존재는 이런 일로는 눈 하나 깜짝하지 않았으니. 한마디로 피도 눈물도 없었죠.]

그게 누구야. 그런 건 전혀 중요하지 않아.

"크윽… 알 게 뭐야."

머리가 아프다. 너무 아프단 말이다! 내가 이를 악물든 말든 오레이칼코스가 말했다.

[다행히 마스터 안셀무스의 활약으로 관리자들의 음모를 밝혀냈고, 관리자들과 선내에서 내전이 벌어졌습니다. 그들을 몰아넣는 데는 성공했지만 마지막에 모든 게 실패해 버렸습니다.]

"실패."

그 단어가 왠지 머릿속에 강하게 박혔다. 눈물이 멈출 생각도 하지 않고 눈물샘에서 줄줄 흐른다. 난 전혀 슬프지도 않은데 몸이 멋대로 반응하고 있는 것이다.

[그 결과, 기함 오레이칼코스는 동력을 잃은 채 우주 공간을 표류하고 있으며 계산상 3년 2개월 후 항성에 정면으로 충돌하게 됩니다. 제어 인력이 없기에 충돌을 피할 확률이 0.005%에 수렴합니다.]

설명은 장황하지만 결론은 간단하다.

"그 말은… 다 죽는다는 거냐?"

오면서 내가 봤던, 유리관 속에 갇혀서 나체가 되어 있던 인간들. 동결이라는 용어에서 추리해 보자면— 그들은 육체의 온도를 극한으로 낮춰서 노화를 멈춘 것이다. 마법에도 비슷한 주문이 있다.

그들은 모두 살아 있다.

즉 고문당하는 게 아니라 목숨만 붙인 채로 누군가 깨워 줄 때를 기다리는 것이다. 정작 깨워 줄 사람이 없으니, 그들은 피할 방법도 없이 떼몰살을 당하게 된다. 얼추 본 것만 해도 수천 명에 이르는 사람들이 죽는다는 건 전혀 유쾌한 일이 아니다.

그게 나와 상관없는 사람들일지라도.

이 어이없는 상황에 나는 간신히 정신을 차리고 재차 질문을 던졌다. 이곳의 상황은 도무지 심상치가 않았다.

"그 사람들이 전부, 죽는다는 거냐고."

자기 의지와는 상관없이 죽어 버린다. 죽을 때 잠시 동안 영문 모를 고통을 느낀 채 희망과 미래 모든 것을 삭제당한다. 죽을 때는 왜? 라는 한 문장만을 떠올리게 되겠지.

그건 얼마나 무섭고 잔혹한 일일 것인가.

그중에는 어린 여자아이도 있었다. 힘없어 보이는 노약자도 많이 있었다. 그들 중에서 가치 없는 목숨은 하나도 없는 것이다.

내 질문에 오레이칼코스가 대답했다.

[그렇습니다. 항성의 노심온도는 태양과 같으니, 손쓸 새도 없이 불타 죽을 것입니다. 저도 그때 운명을 같이 하겠지요.]

나는 잠시 침묵하다가 말했다.

"넌 아까 사과하라고 했지. 그건 이곳에서 몰살당한 사람들에게 하란 것이었다. 그렇다면 내가 그들을 죽인 관리자라는 거냐?"

오레이칼코스는 잠시 머뭇거렸다.

[그럴 확률은 당초 99.96%였습니다. 인간의 언어로는 '의심할 여지도 없는' 사실이었습니다. 하지만 당신의 뇌를 스캔해 본 결과, 그 확률은 13.82%까지 떨어졌습니다. 당신은 관리자일 수도 있으며 아닐 수도 있습니다.]

"큭큭…"

나는 어이가 없어서 머리를 잡고 웃었다. 두통은 아까보다는 훨씬 덜해졌다. 뇌 속에서 갑자기 떠오른 기억 때문에 쇼크를 받은 것 같다. 나는 이를 악물고는 목이 터져라 외쳤다.

"웃기지 마!! 내가 내가 아닌 다른 누가 될 수 있다는 거지?! 나는 폴커 왕국에서 태어나서 20여 년을 살아온 모험가, J. S다!! 내 인생이 거짓이었다는 말이라도 하고 싶은 거냐고!"

그런 일은 있을 수가 없다! 내가 살아온 인생은 모두 실감 그 자체로 존재한다. 방금 떠오른 기억은 이곳의 잔류사념이 흘러 들어온 것이리라.

[······.]

마법이나 사령기가 가득 찬 곳에서는 종종 일어나는 일이다. 나는 대답하지 않는 오레이칼코스를 노려보며 말을 이었다.

"그딴 소리는 집어치워. 감정 없는 생명체인지 뭔지 모르지만 말을 함부로 하지 말라고. 아무튼 그 사람들을 구할 방법은 없는 거냐?"

내 말에 오레이칼코스가 미묘한 표정을 지었다.

[당신은 그들을 걱정하고 있는 것입니까.]

나는 힘차게 고개를 끄덕였다.

"당연하지. 여기가 아무리 다른 세계라고 해도 사람

목숨은 다 똑같은 거잖아! 구할 방법이 있다면 내가 온 힘을 다해서 도와주겠다."

그게 바로 내가 살아오면서 배워 온 도리이며 정의이다. 모험의 자유를 즐기지만 인간으로서의 도리를 벗어나면 안 된다. 사람을 구할 수 있다면 반드시 구해야만 하는 것이다.

그러자 오레이칼코스가 갑자기 쿡쿡거리며 웃음을 터뜨렸다. 뭐가 그렇게 웃긴지 입을 가리면서 표정을 가릴 정도였다.

[아하하하하하하.]

"뭐가 웃겨!"

사람을 바보 취급해도 분수가 있지! 내가 고함을 지르자 오레이칼코스는 점차 웃음을 멈췄다.

[아닙니다. 그저 당신이 그 사람과는 비슷하면서도 달라서. 그것보다 기계 문명이 뭔지도 모르는 당신이 나를 도울 수가 있겠습니까.]

그런 것도 생각 안 했을 줄 아냐? 이래 봬도 8클래스 대마도사라고. 지상에선 마도의 극에 가까운 수준이다. 나는 퉁명스럽게 대답했다.

"너는 학습 마법 같은 거 없냐. 고레벨 주문 중에 자신의 지식을 상대에게 전이하는 게 있잖아. 그런 능력이 있으면 나한테 전해 줘."

8클래스 후반의 주문, 앵시어티 드림(Anxiety Dream)을 쓰면 자신의 지식을 상대에게 전하는 게 가능하다. 고작해야 10분 동안 기억을 덧칠하는 것뿐이라서 기력을 다해서 외워야 하지만.

[아뇨. 그런 능력은 없을뿐더러 지식을 드릴 필요도 없습니다. 만일 저를 도와주실 생각이라면 한 가지 일만 해 주시면 됩니다.]

나는 오레이칼코스를 수상한 눈으로 바라보았다. 이 녀석의 꿍꿍이가 뭔지 짐작이 가지 않는다. 어찌 되었든 나는 반쯤 포로 같은 상태인지라 얌전히 말을 들어 주기로 했다.

"한 가지 일?"

[네.]

"빨리 말해. 나는 이 자리에 있는 것만으로 토가 나올 것 같으니까, 다른 데 가서 좀 쉬어야겠어."

아닌 게 아니라 이제는 한계다. 머리가 아파서 눈앞이 샛노래질 지경이다. 내 정신력이 현자급이 아니었으면 진작에 쓰러졌을 것이다.

오레이칼코스는 나를 정면으로 바라보며 말했다.

[퀸틸리온(Quintillion)의 봉인을 풀어 주십시오.]

그로부터 정확히 하루의 시간이 지났다. 나는 오레이

칼코스가 마련해 준 텅 빈 방에서 육포를 씹어 먹곤 수면을 취했다. 마력을 빠르게 회복하려고 일부러 수면 시간을 줄였다.

나는 팔을 휘휘 저으면서 중얼거렸다.

"오케이. 전부 회복됐다."

오레이칼코스가 내게 체력과 마력을 빠르게 회복하는 주사를 놔 주겠다고 했지만 일부러 거절했다. 이곳은 적지이고 나는 오레이칼코스의 포로 같은 신세다. 아무거나 넙죽 받아들였다가는 낭패를 볼지도 모른다.

나는 사방이 희게 되어 있는 방 안에서 아무것도 없는 정면을 노려보았다. 내 머릿속은 복잡하게 뒤엉키고 꼬이고 있었다.

'대충은 알 것 같아. 이 세상 밖에는 우주라고 하는 거대한 공간이 존재하고, 이건 그 공간을 표류하고 있는 엄청나게 커다란 배라는 거지.'

이미 리스닝 능력의 한계를 통해서 성층권 밖에 있는 새까만 세계의 존재를 본 적이 있다. 그래서인지 나는 손쉽게 그 개념을 받아들일 수가 있었다.

그렇다면 우리가 생각하는 이계라는 것은 모두 우주에 떠 있는 별이나 시공간이라는 걸까. 차원을 이동하는 문도 사실은 엄청나게 먼 거리를 이동하는 것에 지나지 않는다는 말도 된다.

오레이칼코스는 내게 말했다.

[퀸틸리온은 수만 광년의 항해를 가능하게 하는 기적의 동력입니다. 이론상으로 축퇴로(縮退爐)의 기술에 가장 근접해 있는 16세대 반영구동력의 시범체입니다. 우리는 퀸틸리온 절대 출력의 0.002%만으로 모든 운영을 할 수 있었습니다.]

뭔가 말만 들어도 엄청나게 대단한 것 같다. 요는 우리 세계에서 사용하는 마법석 따위는 발톱의 때만도 되지 않는 절대적인 동력이란 뜻이다.

"내가 퀸틸리온의 봉인을 풀면 되잖아. 네가 이 배 그 자체라면서?"

당연하다면 당연한 내 반문에 오레이칼코스가 고개를 저었다. 몹시 곤란한 질문이었던 듯 안색도 굳어져 있었다.

[퀸틸리온을 봉인한 것은 본 행성의 가이아 머신(Gaia Machine)입니다. 행성계 내의 모든 연산을 제어하는 가이아 머신을 뛰어넘는 연산체계가 없으면 제 힘으로는 불가능합니다.]

이것저것 속사정이 있는가 보다.

"가이아 머신? 너보다 뛰어난 기계인가 보군. 그건 또 왜 그런 엄청난 동력을 봉인한 건지 알 수 있냐."

[내란이 일어났을 당시에 제가 본성에 요청했습니다.

만일 퀸틸리온이 관리자의 손에 들어갈 경우 엄청난 사태가 벌어질 수가 있었습니다. 하지만 지금은 최소한의 동력과 제어 인원이 없어서 본 행성에 봉인 해제를 요청할 수 없습니다.]

"…사정은 알겠는데."

설명이 뭔지는 잘 못 알아들었다. 단지 나쁜 놈의 손에 뺏길까 봐 아예 못 쓰게 만들었다는 뜻이다. 그것만 알면 족하다. 나는 기가 막힌 눈으로 오레이칼코스를 쳐다보았다.

"너도 못하는 일을 내가 할 수 있을 거라고 생각하는 거냐. 나는 8클래스 마스터긴 하지만 이곳의 지식은 전혀 몰라. 그런 엄청난 봉인 같은 거 풀 줄 모른다고."

8클래스 마스터의 두뇌는 인간을 초월한다. 나는 이미 수십 자리 단위의 계산도 몇 초 만에 끝낼 수 있다. 초강력한 마법을 다루기 위해서는 그만큼의 감각과 두뇌가 필요하기 때문이다.

하지만 이곳의 지식을 전혀 모르는 상태에서 봉인을 푸는 것은 별개의 문제다. 아무리 천재라도 그런 일은 못 한다. 그러자 오레이칼코스가 차분하게 설명을 했다.

[퀸틸리온의 봉인은 물리봉인입니다. 힘으로 때려 부

술 수 있는 경비 시스템이죠. 아프라삭스(Abraxas)라는 것으로, 버튼 하나로도 풀 수 있는 상황이지만 퀸틸리온 제어실로 향하는 모든 출입구를 막고 있습니다. 당신이 해 줄 일은 아프라삭스의 방해를 파괴하고 제어실 내의 붉은 단추를 누르는 것뿐입니다.]

요는 함정이 깔려 있는 던전에 혼자 들어가라는 소리군. 그런 건 그리 대단한 일도 아니다. 나는 어제 그 제안에 수락했다.

"알았어."

그리고 대신에 놈에게서 쉴 곳을 제공받았다.

아프라삭스가 무엇인지는 몰라도 그걸 부수지 않으면 진행이 되지 않는다. 오레이칼코스가 꾸미는 게 뭐든 간에 정해진 임무는 명확한 것이다. 대신 내 머릿속을 복잡하게 만드는 것은 한 가지였다.

'엄청난 힘이란 건.'

여기에 오기 전에 블랙북을 만났었다. 어째서 블랙북은 내가 이곳에서 엄청난 힘을 얻는다고 말한 걸까? 놈은 내가 죽는 것을 절대 바라지 않는 것 같았다. 블랙북의 반응을 보면, 실수로라도 사지로 밀어 넣지는 않을 것이다.

하지만 지금의 상황은 빼도 박도 못하는 위기 상황. 도무지 블랙북의 의도를 알 수가 없었다. 나는 품속에 있던 마테이의 나팔을 힐끔 내려다보았다.

제5천의 지배나팔이라고 되어 있는 이 나팔에는 하나의 세계를 지배하는 권능이 있다고 했다. 하지만 모든 능력치가 불명이라서 어떻게 사용하는지 모른다. 있어 봤자 소용없는 물건이었다.

"하아, 모르겠다."

나는 결국 한숨을 내쉬었다. 그리고 조용히 희게 칠해져 있는 방을 빠져나왔다. 나름대로의 배려인지 저 방 안에서는 정신력이 빨리 회복되는 것 같았다.

이윽고 메인터넌스 룸으로 들어가자 공간에서 쑤욱 하고 오레이칼코스가 나타났다. 이 함 내에서라면 자기 마음대로 시공간을 이동할 수 있는 것이다.

[준비는 다 되셨나요?]

"충분해."

[그럼 이제 가지요. 봉쇄된 엔트런스를 지나서 타키온 렙(Tachyon Lab)의 엘리베이터를 타고 지하 20층으로 가면 봉인실이 나옵니다. 길을 잃지 마세요.]

타키온 렙은 저번에 봤다. 출입 금지로 되어 있는 곳이니, 그곳도 힘과 마력을 동원해서 뚫어야 할 것이다.

"네가 안내해 줄 거 아닌가?"

내 질문에 오레이칼코스는 다시 곤란한 표정을 지었다. 마치 자기 능력이 안 되어서 수치스러운 듯했다. 이렇게 보면 진짜 인간과 다를 바가 없다.

[왜곡된 자기장 영역이 있는 곳으로는 갈 수 없어요. 제가 중간에 흔적 없이 사라진다면 그런 곳이라는 것을 알아주세요.]

오호, 좋은 정보군. 그 말대로라면 그 영역에 있으면 오레이칼코스도 나를 어쩔 수 없다는 뜻이잖아. 나는 생각을 감추면서 묵묵히 고개를 끄덕였다.

저벅.

나는 오레이칼코스와 함께 메인터넌스 룸을 나서서 폐허 속을 걸었다. 언제 봐도 사람들의 유체가 널브러진 곳은 흉측하고 괴기스러웠다. 내란은 격렬했는지 곳곳에 부서진 안드로이드와 인간의 사체가 보였다.

개중에는 가슴뼈가 녹아서 둥글게 변한 해골도 있었다. 아마도 초고열을 내뿜는 병기에 맞아서 죽은 것이다. 나는 그 참상에 이맛살을 찌푸렸다.

'우리 세계의 총보다 훨씬 대단한 거 같은데.'

총은 엄청난 속도로 쏘아지지만, 인간을 한순간에 녹이는 고열을 뿜지는 못한다. 만일 이 세계의 총이 내게 쏘아지면 피하기 꽤 힘들지도 모른다.

마법을 포기하지 않기를 잘했다. 아무리 사람의 움직임이 빨라져도 한계가 있는 이상, 마법의 힘은 굉장히 편리한 것이다. 나는 여차하면 마법을 이용해서 탈출할 생각으로 조금씩 주문을 외워 두었다.

나는 걸어가던 중에 오레이칼코스에게 물었다.

"그럼 너는 내가 있던 세계가 어떤 곳인지 알고 있는 건가? 네가 말하는 걸로 봐서 마법에 대해서는 꽤 알고 있는 것 같은데."

[마법(Magic)은 제가 만들었습니다.]

"……."

어, 뭐라고? 잘못 들은 것 같은데. 내가 황당한 눈으로 오레이칼코스를 돌아보았지만 그저 싸늘한 눈으로 앞서서 걸어가고 있을 뿐이었다. 나는 황급히 뒤를 따라잡으며 급히 말했다.

"마법을 만들었다니 무슨 말도 안 되는…."

[그쪽 세계 마법의 근본 자료는 제가 만들었습니다. 마력 구축이나 마법 영창, 진언, 정령 소환 모든 게 제가 계산한 데이터였습니다.]

태연하게 말을 하던 오레이칼코스가 손을 까닥했다. 그러자 생전 처음 보는 고대의 마법 문양이 허공에 떠올랐다. 내 마법 지식에 있기는 했지만 워낙 고대의 마법 언어라서 나도 해독이 불가능했다.

마법 문양은 제자리에서 잠시 휘돌더니 마력의 잔향을 남기고 사라졌다. 내가 멍하니 그 광경을 바라보고 있자 오레이칼코스는 갈색 머리칼을 귀 뒤쪽으로 쓸어 넘겼다.

[물론 제가 가진 데이터는 기초(Base) 데이터일 뿐입니다. 그 세계에서 수천 년의 시간이 흘렀다면 제가 알고 있는 것과는 많이 달라져 있겠지요.]

"자, 잠깐만 그러니까 뭐야."

나는 혼란해진 머리를 정리해야 했다. 놈이 말하는 게 잘 이해되진 않지만 어떻게든 이해해야 한다. 잠시 후 내가 뭘 말하는지도 모르는 상태로 술술 말을 불어 냈다.

"네가 우리 세계 마법의 기초를 만들었다면, 그러니까 네가 마법을 만든 거고, 음. 그러니까 이 기계함선에서 우리 세계가 마법을 배웠다는 뜻이네. 내 말이 맞는지 모르겠는데 맞아?"

[맞습니다.]

"하하, 그, 그럼 뭐야. 마법은 신이 만든 것도, 정령이 만든 것도 아니었단 소리냐. 마법의 기원설은 싸그리 틀려먹었단 소리가 되나."

나는 어이없음에 허허 웃고 말았다. 마법을 누가 창조했는지에 대해서는 이것저것 말이 많았다. 고대의 신적 존재가 만들었다고도 하고, 정령들이 인간에게 전수해 주었다고도 했다. 심지어는 그 학설 때문에 전쟁이 난 적도 있었다.

하지만 이 녀석이 창조했다니!

마법은 우리 세계에서 자연적으로 발생한 게 아닌 것이다. 곧이곧대로 믿기에는 엄청난 사실이다. 그러나 왠지 이런 상황에서 굳이 부정하기도 마땅치 않았다.

방금 놈이 만들어 낸 마법 문양은 적어도 7클래스 급의 마력을 머금고 있었다. 그런 걸 자유자재로 창조할 수 있다면 최소한 마스터 급이다. 같은 마법사인 나는 상대가 어느 정도 수준인지 알 수 있다.

이런 곳에서 허세를 부려 봐야 전혀 이득 되는 게 없다. 그건 전설의 허세왕으로서의 감각이다. 어떤 사기꾼도 내 앞에서 허세를 부릴 수 없다는 걸 감안하면— 놈의 말은 진실이다.

[정확히는.]

내가 혼란을 수습하기도 전에 오레이칼코스가 조용히 내 말에 대답했다. 상대는 역시 아무런 감흥도 없는 듯한 목소리다.

[제가 창조하진 않았습니다. 전 그저 계산만 했을 뿐입니다. 창조의 영역은 관리자의 몫이니까요.]

"또 이상한 소리. 만든 거나 창조한 거나…."

말하던 중에 이상함을 깨닫고 입을 다물었다. 그러고 보니 이 녀석은 뭔가를 계산하는 기계 같은 존재다.

그렇다면 오레이칼코스에게 누군가가 기초 아이디어를 제공하고, 오레이칼코스는 그 아이디어의 세세한 자료를

작업한 게 아니었을까?

혼자서 그 방대한 마법의 기초를 모두 만들 수는 없다. 그건 역사상 어떤 천재도 불가능하다고 인정한 일이었다.

그렇게 친다면 진정한 마법의 창조자는 따로 있는 것이다. 아마도 오레이칼코스가 진정으로 미워하는 [관리자]라고 하는 자들일 것이다. 나는 어쩐지 신적인 존재가 따로 있다는 생각에 섬뜩한 느낌이 들었다.

저벅.

[다 왔습니다.]

오레이칼코스의 말에 힐끔 발밑을 보았다. 끝이 보이지 않는 무저갱이 펼쳐져 있었다. 그리고 수십 미터 떨어진 곳에 조그마한 통로가 여러 개 매달려 있었다. 절벽에 파여 있는 작은 암굴이라는 느낌이다.

[저 통로까지 건너가면 바로 타키온 랩의 엘리베이터를 타실 수 있을 것입니다. 엔트런스가 봉쇄되어서 거리가 떨어져 있지만, 이 정도는 당신 능력으로 해결할 수 있겠지요.]

말은 정말 쉽게 한다. 허공이 적어도 15미터는 펼쳐져 있다. 이런 걸 점프만으로 뛰어넘는 건 이미 인간의 영역이 아니다.

"여기가 봉쇄된 엔트런스인가?"

[엔트런스는 저 바닥으로 추락했습니다. 자기장으로 유지되던 곳이었는데, 동력이 끊어지는 바람에 누구도 어쩌지를 못했습니다.]

밑을 한 번 바라보았다. 시야가 닿지 않을 정도의 암흑이다. 하지만 [듣기] 능력을 마스터한 나는 잠시 청력을 집중시켜서 무저갱의 깊이를 대충이나마 알 수 있었다.

"깊네."

확실히 저 밑에는 기다란 뱀 같은 건물이 떨어져서 부서져 있다. 깊이는 600미터 정도로, 저런 높이에서 떨어졌는데도 형체가 남아 있는 게 신기할 지경이었다.

건물은 그렇다 치더라도 연상되는 사실에서 이맛살을 찌푸렸다. 엔트런스는 아까 설명대로라면 사람들이 잠시 쉬고 가는 [휴게실] 같은 곳이다. 그렇다면 그 안에서 쉬고 있던 사람들은, 엔트런스가 무저갱으로 추락하는 순간…

붉은 케첩. 흔적 없는 비명.

차마 생각하기도 끔찍한 일이다. 나는 고개를 휘휘 저으며 말했다.

"넌 어디까지 따라올 거냐?"

[전 여기까지가 한계입니다.]

그렇게 말하며 오레이칼코스는 새하얀 손을 내밀어서

무저갱 쪽으로 내밀었다. 평소와 다를 것 없는 여상한 동작이었지만 그 반향은 만만치 않았다.

파지지지직!!!

엄청난 전류가 일어나면서 허공에 푸른 스파크를 만들어 내었다. 만일 실체가 있는 인간이었다면 1초 만에 타죽을 정도의 겁화였다. 잠시 후 오레이칼코스가 손을 거두자 전류는 사라졌다.

이때가 기회다!

나는 있는 힘껏 이죽거렸다.

"아주 쉽게 말해 주는데. 이 함선 내에서는 천하무적이라 내가 도망칠 건 걱정되지도 않냐?"

[원래 세계로 돌아가지 않을 겁니까?]

그 말에 잠시 감정이 동요되었다. 오레이칼코스의 말은 간단하고도 확실하게 요점을 찌르고 있었다. 뭔가 말을 하기도 애매한 상황이 되어 버렸다. 내가 침묵하자 오레이칼코스가 말했다.

[원래 세계로 돌아가고 싶다면 언제든 그렇게 해 줄 수 있습니다. 단지 제가 부탁한 일을 성공했을 때의 이야기지만요.]

주도권은 상대가 잡고 있다. 그 사실을 새삼 인식하자 이가 갈렸다. 어쩌다가 이딴 세계로 와서 이 고생을 하게 되었는지! 나는 속으로 피눈물을 삼키면서 한 가지를 강하게 다짐했다.

돌아가면 블랙북을 찢어 버리고 말리라.

놈을 절대 가만두지 않겠다! 태어나서 누군가를 이렇게 증오해 본 건 처음이다. 그러면서도 은근히 블랙북이 두려워지는 마음이 들었다. 이렇게 농락당하면서도 아직 상대의 정체조차 파악하지 못하고 있기 때문이다.

나는 혹시나 하는 마음에 오레이칼코스에게 물었다.

"혹시 블랙북이 뭔지 알아?"

질문을 하면서도 시답잖은 질문이라고 생각했다. 전혀 다른 차원의 이계에서 블랙북이 뭔지 알 게 뭐란 말인가. 지푸라기라도 잡는 심정으로 물어봤을 뿐이다. 그러나 반응은 전혀 달랐다.

오레이칼코스가 잠시 멈칫하다가 말했다.

[블랙북은 관리자만이 다룰 수 있는 특수한 체계입니다. 주 제어기관인 저의 통제에서도 벗어나 있습니다. 블랙북에 대해서는 누구에게 들으셨습니까?]

"블랙북을… 아는 거냐."

[그렇습니다. 블랙북은 저와 동시에 만들어졌으니까요. 어느 쪽이 성능의 우위라고 할 수 없습니다.]

"……"

살짝 머릿속에 혼란이 오려고 한다. 블랙북이 오레이

칼코스와 동급의 존재라는 것. 그것은 뭔가 내 머릿속에서 추리와 연산을 반복하면서 하나의 사실을 유추하려고 했다.

그렇다면 블랙북도 이 세계 출신이라는 뜻이다. 뜻하지 않게 귀중한 정보를 알아내자 마음속이 약간 급해졌다. 잘하면 블랙북도, 이 녀석의 정체도 정확하게 알아낼 수 있을 것이다.

"블랙북은 어떤 힘을 가지고 있지?"

[하라는 일은 하지 않고 자꾸 얘기를 돌리는군요.]

오레이칼코스는 갈색 곱슬머리를 쓸어내리며 곱지 못한 눈으로 나를 바라보았다. 하지만 내가 계속 응시하자, 어쩔 수 없다는 듯 말해 줬다.

[제가 했던 일은 세계의 기초를 0에서부터 쌓아 올렸던 것입니다. 블랙북의 역할은 제가 쌓아 올린 기초를 응용해서 계속해서 새로운 체계를 개발하는 것이었습니다. 관리자를 도와서 세계를 운영하는 부관리자인 셈이죠.]

"부관리자라."

나는 관리자란 게 어떤 것인지 대충 이해할 것 같다. 이 함선에서 가장 높은 지위를 지닌 '왕' 같은 것이다. 그리고 오레이칼코스는 그들을 돕는 항해사, 블랙북은 부선장의 역할인 것이다.

만일 오레이칼코스와 관리자란 녀석들이 우리 세계를 창조했다고 한다면, 블랙북은 거의 신이나 다름없는 놈이다. 부관리자이니 그 권한이 막강할 게 틀림없다. 그런데 하릴없이 나만 괴롭히고 있으니 이해가 되지 않았다.

더 물어보고 싶었지만 오레이칼코스가 맥을 끊었다.

[쓸데없는 정보 공유는 임무에 방해가 됩니다. 서둘러 당신이 해야 할 일을 하시죠.]

"안 보채도 할 거야."

나는 짜증이 났지만 상대도 만만찮은 것 같아서 역정을 내진 않았다. 대신에 15미터도 더 되어 보이는 반대편 절벽을 힐끔 바라보았다.

'이 정도면 도움닫기로는 조금 힘들겠는데.'

도약만으로 12미터까지는 가능하지만, 나머지 거리는 급격히 떨어져 버린다. 이누타브 블레이드를 절벽에 박으면 상관없지만 귀찮은 일이다. 나는 혹시 하는 마음에 무영창으로 주문을 하나 외워 보았다.

[플레임 스트라이크(Flame Strike).]

쿠화아악.

순식간에 4클래스의 화염 원반이 나타나더니 내 의지에 따라 전방으로 쏟아졌다. 절벽에 부딪히자 잠시 폭음을 일으키더니 사라져 버렸다. 나는 강철 벽의 내구도에 잠시 침음성을 흘렸다.

"음."

아무리 그래도 플레임 스트라이크면 오우거를 한 방에 걸레로 만들 수 있는 주문이다. 그런 주문으로도 강철 벽에 흠집을 내지 못했으니 내구도가 상상이 가지 않았다.

나는 머리를 긁적였다. 아무튼 이 장소에서 마법을 쓸 수 있다면 괜히 도약을 하느니 비행 주문을 써서 날아가면 그만이다. 다행히 왜곡된 자기장이 있는 곳에서도 마법을 쓸 수 있는 것이다.

부웅.

내가 가볍게 플라잉 주문을 외워서 떠오르자 걱정이 되는지 오레이칼코스가 재차 말해 왔다. 표정은 변화가 없지만 말하는 건 걱정이 가득해 보인다.

[알겠습니까? 퀸틸리온을 봉인하고 있는 방어, 아프라삭스는 당신이 상대했던 안드로이드 따위와는 비교가 되지 않습니다. 안 될 것 같으면 목숨만 챙겨서 도망치세요.]

뒤를 휙 하고 돌아보았다.

"신기하네."

[네?]

나는 순수한 호기심으로 오레이칼코스를 멀뚱히 바라

보았다. 상대는 여전히 무표정이지만, 말속에서는 감정이 가득 느껴졌다.

"넌 생각하는 기계 같은 거잖아. 기계한테는 감정도 마음도 없어야 되지 않나. 그래야 인간한테 반기를 들지 않잖아."

잘은 모르겠지만, 기계가 발달한다면 당연히 그래야 한다. 기계가 인간에게 반란을 일으킬 수도 있기 때문이다. 내 말에 오레이칼코스가 대답했다.

[맞습니다. 그래서 인공지능을 지닌 개체는 저 하나뿐입니다. 그런 제게서 감정과 마음이 느껴진다는 말씀이신 겁니까?]

"어."

[……]

오레이칼코스는 긍정인지 부정인지 모를 태도를 취했다. 그 얼굴에는 처음으로 표정이란 게 떠올라 있었다. 이모션 체킹이나 마인드 리딩도 통하지 않았지만, 그 얼굴에 떠올라 있는 것은 틀림없는 '그리움'이라는 감정이었다. 오레이칼코스가 입을 연 것은 다시 무표정으로 돌아오는 것과 동시였다.

[임무나 하시죠.]

"……"

이건 예상 못했는데. 졸지에 타박받자 잠시 멍해졌지

만, 곧 킥 하고 웃으며 절벽의 동굴 속으로 날아 들어갔다. 기분이 도리어 상쾌하다.

저 녀석도 감정이 있는 것이다.

제2장
산달폰

동굴 안쪽으로 들어오자 어둠이 가득 감싸고 있었다. 동굴에서 흔히 나는 퀴퀴한 냄새 대신 비릿한 철 냄새가 가득했다. 나는 허리를 숙여서 동굴 안으로 걸어 들어가며 주변을 살폈다.

 이곳은 건물에서 공기가 통하는 환기구인 것 같았다. 그 말은, 이 안쪽으로 들어가면 좀 더 큰 건물이 있다는 뜻이다. 이래 봬도 건물 설계에 대해서는 꽤 잘 알고 있는 편이다.

 빛과 함께 바깥 풍경을 맞이하자 어두운 삼각형 모양의 건물이 허공에 떠 있는 게 보였다. 다만 그 크기는 비현실적일 정도였다.

 '크군, 정말⋯.'

 나는 속으로 혀를 내둘렀다. 사각형의 밑면에 꼭지를

정상으로 하는 모습은 꽤 이질적이다. 다만 크기가 시야를 가득 채울 정도니, 적어도 너비만 2km에 이르는 것이다. 이곳의 건물은 내가 생각하는 기준과는 다소 달라 보인다.

그러고 보니 타키온 렙이 뭘 하는 곳인지 아까 물어봤었다. 내가 가야 할 곳의 기능 정도는 알아둬야 하기 때문이다. 오레이칼코스의 대답은 '양자이동을 관리하는 대수행건물'이었지만, 내가 알아먹을 도리가 없다.

"빌어먹을. 어렵게 말하면 유식해 보이는 줄 아냐."

아무튼 무언가를 이동시키는 능력이 있다는 것이다. 나는 조심해서 절벽 앞에 나 있는 계단을 통해 건물로 걸어 들어가기 시작했다.

적막이 사위를 감싸고 있지만 간간이 빛이 비쳐들어왔다. 사방에 가득 떠 있는 빛의 돌기 같은 게 흔들리기 때문이다. 뭔지 궁금해서 한번 레벨업 능력으로 보기로 했다.

[Unknown.]

[데이터에 없습니다.]

"이 세계에 오고 나서는 자꾸 이러네."

나는 역시나 하는 생각에 한 손으로 얼굴을 짚었다. 오레이칼코스도 그렇고, 이 세계에서는 레벨업 능력이 통하지 않는다. 물론 경험치는 여전히 투자할 수 있지만, 상대방의 레벨이나 능력치가 보이지 않는다.

아마 이계의 특수한 마법으로 보호받고 있다던지 하는 거겠지. 나는 깊이 생각하지 않고 직경이 4미터에 이르는 원추형의 입구로 걸음을 옮겼다. 마치 나를 공격했던 안드로이드들처럼 생긴 동상이 곳곳에 보였다.

원추의 모서리에 내 손을 갖다 대는 순간이었다.

구우우우.

원추가 끝에서부터 말려 들어가면서 그 자리에 떡하니 시꺼먼 입구가 생겼다. 나는 본격적인 모험의 시작이라는 생각에 가슴이 두근거렸다. 비록 남이 시켜서 한다지만 내가 즐길 수 있다면 아무래도 상관없는 것이다.

그때였다.

철컹거리는 소리와 함께 사방에서 시꺼먼 오라가 풍겨나왔다. 갑작스럽게 어둠의 기운이 느껴져서 뒤를 돌아보자, 내가 왔던 동굴 입구가 서서히 암흑에 먹혀 버리고 있었다.

"아니!"

나는 깜짝 놀라서 경호성을 터뜨렸다. 그 암흑은 이윽고 실체화하더니 점액처럼 말라붙으며 입구를 막아 버렸다. 그 크기가 어찌나 큰지 직경이 50미터는 되어 보였다. 나는 급히 달려가서 이누타브 블레이드로 크게 한 번 내리쳤다.

꾸궁.

검은 연기가 크게 흔들리면서 물빛 파동이 번져 나갔다. 한순간이지만 그것은 커다란 물줄기처럼 변했다.

[이누타브 블레이드로 아프라삭스를 공격했습니다!]
[아프라삭스가 J. S의 존재를 감지했습니다!]
[위험… 아프라삭스가 경비 2단계로 돌입합니다.]

내 눈앞에 급격히 붉은색 메시지가 떠올랐다.

"앗!"

나는 무언가 큰일 났다는 생각에 급히 검을 거두었지만, 이미 암흑은 흐늘흐늘해져서 다시 연기처럼 흩어지고 있었다. 얼추 봐도 상당한 데미지를 입은 모습이었다.

이윽고 검은 연기가 되어 버린 아프라삭스는 허공에서 구름처럼 뭉치더니, 나를 찾는 것처럼 안구를 만들어 내기 시작했다. 저 눈동자 같은 게 다 만들어지면 사방을 인식할 수 있는 모양이다.

'들켜서 좋을 거 없지!'

나는 재빨리 블링크를 시전해서 건물 입구로 들어가면서 몸을 숨겼다. 건물 안은 일자로 쭉 뻗어 있는 복도라서 도망치기도 용이했다.

타다다닷.

엄청난 각력으로 달리면서 빠르게 생각했다. 방금 전에는 내가 실수한 게 분명하다. 지금까지 경험으로, 붉은색 메시지는 내게 위험을 경고한다는 사실을 알고 있다.

타다닷.

계속 달린다. 이미 속도는 발밑에 시꺼먼 스키드 마크가 생길 정도다. 이 정도면 야생 동물의 달리기 속도 따위는 아득히 추월했을 것이다.

아마 아프라삭스는 누군가가 침입했다는 사실만 감지하고 입구만 봉쇄하려고 했을 것이다. 그러나 내가 놈을 건드려 버리자, 내 존재를 확실히 알아차리고 추적하려는 것이다.

나는 잠시 한숨을 쉬었다.

"젠장. 그런 건 줄 알았냐고."

내가 무슨 던전을 탐사하는 도적도 아니고, 그런 것까지 알 수는 없다. 지나간 일은 일단 묻어 두고 다음 행동을 생각하기로 했다. 오레이칼코스의 말대로라면 이 건물 내에는 던전 같은 함정이 없다.

대신에 타키온 렙의 중앙에는 양자이동을 관리하는 제어실이 있는데, 그 제어실에 들어가서 엘리베이터라는 이동 기구를 가동시켜야 한다. 뭔지는 모르지만 마법 지식으로 대충 감은 잡고 있다.

다만 문제는 이제부터 시작이다.

쿠르르르….

저만치 입구에서부터 거대한 암흑이 뭉치는 소리가 들

려왔다. 나는 오싹해져서 전신에 소름이 돋았다. 저놈은 내 존재를 찾아내기 위해서 여기저기 쑤셔 볼 생각인 게 분명하다.

'뭐야, 살아 있는 것 같잖아! 지능도 있어! 뭐가 물리방어란 거냐, 오레이칼코스의!!'

나는 물리방어라기에 자동으로 발동하는 함정을 연상했다. 하지만 이제 보니 자기가 알아서 판단하고 행동하는 경비병이었던 것이다. 나는 이 자리에서 나가기만 하면 오레이칼코스를 어떻게든 작살 내 버릴 원망에 불탔다.

내가 막 제어실 입구에 도달한 순간, 검은 안개는 돌진을 개시했다. 그것은 마치 검은 폭풍과 같은 모습, 아니 더한 박력이었다.

콰두두두두두.

"으힉."

나는 급히 제어실 앞에 멈춰 서서 그 소리에 침을 꿀꺽 삼켰다. 서둘러 들어가지 않으면 본의 아니게 이 자리에서 결전을 치러야 한다. 남은 장애물이 얼마나 되는지도 모르는데 그런 상황은 절대 사절이다.

"있다!"

시력을 더듬어서 찾아낸 것은 딱 사람 손 모양만 한 사각판이었다. 나는 힘 때문에 부서지지 않게 가급적 살살 손을 얹었다. 될지 안 될지는 하늘의 운에 맡긴다.

쿠구웅.

[핸드프린팅 온. 문을 엽니다.]

동시에 환상처럼 문이 사라지면서 그저 시퍼런 공간만 입을 벌리고 기다리고 있었다. 이게 양자이동인지 뭔지 하는 거냐? 찬밥 더운밥 가릴 때가 아니니 들어가 주지!

파앗.

내 몸이 문에 닿이는 순간 주변 풍경은 바뀌어 있었다. 겨우 벽 하나의 차이일 뿐인데 지나칠 정도로 먼 거리를 이동해 온 느낌이다. 나는 방금 전의 급박한 상황이 믿기지 않아서 얼떨떨한 눈으로 주변을 둘러보았다.

"여긴."

처음 이 세계에 왔을 때처럼 익숙한 풍경이다. 사방이 기계 우는 소리로 가득하고, 인간의 기척이라곤 하나도 없다. 그런 가운데 음습한 강철 소리가 청력을 자극했다.

그리고 눈앞에 보이는 타키온 렙이라는 표지판에 납득했다. 이곳이 바로 타키온 렙의 제어실인 것이다. 여기까지 왔으면 반쯤은 성공이라고 볼 수 있다.

고고고고—

지금까지와 다른 점이 있다면, 방 한가운데에는 하얗고 붉은 기운이 뒤섞이면서 알 수 없는 오오라를 토해 내는 원구가 방치되어 있었다. 그건 나조차도 파악할 수 없는 가공할 힘을 품고 있는 것 같았다.

'저건 뭐지?'

레벨업 능력으로 볼 수 없다는 게 이렇게 원망스러울 때가 없었다. 강대한 힘을 가진 기물인 건 분명한데, 정체를 모르니까 손댈 수가 없다. 나는 잠시 아쉬운 눈으로 그 혼합원구를 쳐다보다가 할 일에 집중하기로 했다.

일만 제대로 해결되면 다시 올 기회가 있겠지.

오레이칼코스가 가르쳐 준 대로라면 이 제어실의 중앙에 있는 노란색과 파란색 단추를 순서대로 누르기만 하면 엘리베이터가 개방된다. 그 순번은 무려 열여덟 번이나 되어서 외우기 제법 힘들었다.

하지만 지금의 나는 눈 감고도 다섯 자리 곱셈쯤은 바로 해치우는 두뇌를 갖고 있다. 나는 손쉽게 기계 위에 손을 올려서 장치를 조작했다.

타다닥.

"헹. 이걸로 된 건가."

마지막으로 파란색 단추를 눌렀을 때였다.

전방에 있던 거대한 화면에 갑자기 빛이 들어왔다. 지금까지는 새까맣게 되어 있었는데, 느닷없이 자기 맘대로 작동하는 것이다.

'이건 뭐지? 아, 에너지가 공급된 건가.'

나는 곧 어두컴컴하던 제어실 전체에 불빛이 들어오는 것을 확인하고는 고개를 끄덕였다. 이제 에너지가 공급되었으니 엘리베이터도 가동될 것이다. 나는 엘리베이터가 있는 곳으로 나가기 위해 몸을 옮겼다.

이곳의 문명은 정말 신기하다. 모든 게 웬만해선 힘을 쓰지 않고도 가능하게 되어 있다. 오레이칼코스가 600년은 앞서 있다고 한 것도 빈말은 아닌 것 같다.

그런 잡생각을 하고 있을 때였다.

"쿨룩… 쿨룩. 쿨룩."

"살아 있었나?"

나는 힐끔 구석을 바라보았다. 그곳에는 웬 노인 하나가 폐허 속에서 기어 나오고 있었다. 나는 이 방에 들어올 때부터 노인을 감지했지만, 워낙 움직임이 없어서 시체인 줄 알았다.

잘 보니 노인이 기어 나온 틈새는 몰래 만든 비밀통로 같았다. 노인은 먼지 때문에 계속 기침을 하다가 안경을 치켜뜨며 말했다.

"젊은이… 자넨 누군가? 무엇 때문에 그런 복장을 하고 있지? 왜 여기에 온 건가?"

그는 질문을 하면서도 불안한 눈으로 나를 연신 쳐다보았다. 말을 하면서도 내가 습격하지 않을까 두려워하고 있었다.

"난 입이 하나야."

내가 퉁명스럽게 말하자, 그는 그제야 흥분된 감정을 억눌렀다. 나는 신기하게도 그를 바라보자마자 레벨이 떠오르는 게 느껴졌다.

엔시스

Lv. 16 엔지니어
Lv. 7 메카닉 오더

이 세계만의 직업인 것 같다. 엔시스는 약간 광대뼈가 튀어나온 얼굴에서 검댕을 닦으며 간신히 자리에서 일어섰다. 몸 상태를 보니 정상이 아닌 것 같았다. 상당히 쇠약해져 있었다.

"당신부터 뭘 하는 사람인지 밝히쇼."

"나? 나는 이 제어실을 관리하던 관리부장이네. 자네도 승무원이라면 엔시스라는 이름 정도는 들어 보지 않았나."

그런 이름은 모른다. 엔시스는 다소 뽐내는 듯한 기색으로 이쪽을 바라보다가 다시 불안한 표정을 지었다. 나는 일단은 내 할 일을 하기로 했다.

"그럼 엔시스. 엘리베이터가 어디에 있는지 아십니까. 나는 서둘러서 엘리베이터를 타고 내려가야 되어서."

내 질문에 엔시스는 크게 당황하는 것 같았다.

"에, 엘리베이터? 동력이 끊겨서 지금은… 아! 자네가 다시 주동력을 넣었군… 그렇다 해도 여기서 탈 수 있는 엘리베이터는 3개나 되는데."

"흠. 내가 말하는 엘리베이터는."

나는 말하는 도중에 왠지 이상함을 느꼈다. 엔시스가 이 제어실을 관리하는 자라면 얼마든지 주동력을 넣을 수 있었을 것이다. 하지만 그는 지금까지 동력을 전혀 넣지 않았다.

거기에는 뭔가 이유가 있다. 내가 말을 멈추자 엔시스는 힐끔힐끔 나를 바라보면서 뭔가 기대하는 표정을 지었다.

"엘리베이터. 혹시 자네는 퀸틸리온이 잠들어 있는 지하로 가려는 게 아닌가? 내 말이 맞지?!"

"맞아."

"오레이칼코스가 보냈군."

그 말을 하는 엔시스의 얼굴에는 불안감이 사라져 있었다. 나는 엔시스의 반응이 신경 쓰여서 살짝 마인드 리딩으로 마음을 읽어 보기로 했다. 꿍꿍이속이 있다면 읽어 줘야 한다.

'이놈도 아프라삭스에게 당해서 죽겠지. 죽으면 그때 이놈의 고기를 먹으러 내려가자. 가뜩이나 배가 고팠는데 잘되었다.'

뭐?! 이 새끼 뭔 생각을 하는 거야?!

나는 순간적으로 당황해서 엔시스의 시선을 피해 버리고 말았다. 전혀 예상 밖의 생각이 읽히니 놀랐다. 점잖아 보이는 노인이 '고기' 운운할 줄은 몰랐다. 물론 저 노인이 말하는 고기는 바로 내 시체다.

엔시스의 표정이 미묘해졌다. 놈도 눈치 하나는 귀신이다. 나는 헛기침을 한 번 하고는 질문했다.

"험! 나 이전에 누가 찾아왔었나 보군."

"아아… 그래. 젊은이 말고도 루싸이트, 데네브라는 녀석들이 왔었지. 상당한 초능력자였는데 나도 많이 기대를 했었어."

'죽으면 다 고기일 뿐이지만.'

젠장. 속마음을 다 읽으면서도 신경 쓰지 않기가 귀찮다. 식인을 생각하는 노인네와 시선을 마주치기도 힘들다. 나는 억지로 포커페이스를 유지했다.

"이런 곳에서 용케도 몇 년이나 살고 있었네. 식량도 생활 조건도 마땅치 않은데 어떻게 살아남은 거야? 다른 인간은 다 죽었는데."

"히히히. 저 밑에는 극저온 생존 장치가 있어. 나는 거기서 먹고살고 있어. 혹시 해서 마련해 둔 건데 이렇게 쓸 줄은 몰랐다네."

음흉하게 웃는 엔시스의 얼굴 속에는 숨길 수 없는 탐욕이 일그러져 있었다. 극저온 생존 장치란 건 자기 몸의 온도를 낮춰서 몇 년이고 살아남는 발명품인 것 같다. 다만 그것만으로는 살아남기에 적당하지 않다.

나는 속으로 혀를 내둘렀다.

'지독한 노인네.'

엔시스는 인간의 시체를 분해해서 생존 장치에 넣고, 그 동력을 이용해서 계속 살아남고 있었던 것이다. 비밀 통로의 최심부에는 썩어 가는 시체가 몇십 개나 쌓여 있었다.

남은 고기는 자신의 허기를 달래는 데 썼다. 아무리 굽고 익혔다고 해도 인간 고기를 먹을 수 있다니. 엔시스도 어지간히 미쳐 버린 것이다.

엔시스가 제어실의 전원을 안 넣은 데도 이유가 있다. 제어실의 전원을 넣으면 아프라삭스가 사람이 있는지 의심해서 포위하기 때문이다. 괜히 눈에 띄면 아프라삭스가 제어실로 쳐들어올지도 모른다.

전에 왔었던 초능력자들도 나처럼 전원을 넣었다가 나가자마자 아프라삭스에게 당해서 죽은 모양이다.

치가 떨리는 건, 엔시스는 아프라삭스가 '빛'에 반응

한다는 사실을 알면서도 자기가 살아남기 위해 말하지 않는다는 것이다. 노인의 이기심에 기가 막혔지만, 자기가 살아남기 위한 거니 그럴 수도 있다고 생각했다.

나는 잠시 침묵하다가 말했다.

"어이. 궁금한 게 있는데 하나 물어봐도 됩니까."

"물어보게."

"다른 사람들은 다 죽었는데, 어떻게 엔시스 당신만 살아남은 겁니까. 엔트런스도 부서져서 밑에 처박힌 상황에서."

"나는 사고 당시에 이 제어실에 혼자 근무하고 있었네. 타키온 렙은 또 다른 아공간을 만든 것과 다를 바가 없었으니 충격에서도 멀쩡했지. 나는 모니터로 그 참극을 두 눈으로 봐야만 했어."

엔시스의 마지막 말은 약간 잦아들어 가고 있었다. 그 당시에 그의 가족과 친구들이 모두 죽어 버린 것이다. 몇 년째 사람 고기를 먹으면서 연명하고 있는 자기 자신이 수치스럽게 느껴진 듯, 엔시스가 도리어 내 눈을 피했다.

엔시스가 눈가의 눈물을 훔치곤 되물었다.

"자네도 아마 승무원일 텐데 그 복장은 뭔가? 생전 처음 보는군. 갑옷 같은 걸 왜 입고 있는지 모르겠네."

"……."

그야 다른 세계 사람이니까 그렇지.

나는 대답하지 않은 채 힐끔 주변을 둘러보았다. 이제 엔시스에게서 알아낼 건 다 알아냈으니 나가 봐야 한다. 거기에다가 멋대로 사람을 이용해서 죽이려고 한 엔시스에 대한 분노가 더해졌다.

"출구는 어딨소?"

기회가 왔다고 생각했는지 엔시스가 회심의 미소를 지었다. 놈의 머릿속엔 사람 고기를 먹을 생각으로 가득했다.

"따라오게. 이쪽일세."

저벅저벅.

약간을 움직이자 아까처럼 손도장을 찍는 사각판이 보였다. 이 문을 통과하면 곧장 엘리베이터를 타고 퀸틸리온이 있는 곳으로 내려갈 수 있다. 다만 이미 불빛이 들어와서 아프라삭스의 이목을 끌었으므로, 나가자마자 놈이 습격해 올 것이다.

나는 갑자기 엔시스의 손목을 덥썩 잡았다.

"어, 어어, 왜 이러는가."

"같이 가지요."

엔시스는 급격히 당황해서는 버둥거렸다. 자신의 생각과 다른 상황에 어찌 대응할지 모르는 것 같았다. 그는 말을 더듬으면서 필사적으로 변명했다.

"나, 나는, 전투 능력이 없으니, 여기에 있겠네. 밖은 너무 위험해. 나를 이해해 주게."

"상관없소. 내가 지켜 주지."

내가 그렇게 호언장담한 채 핸드프린팅을 하려고 손을 내밀자, 엔시스가 필사적으로 내 손을 잡아챘다. 무슨 일이 있어도 함께 갈 수 없다는 의지가 느껴졌다. 내가 내려다보자 그는 온몸을 덜덜 떨었다.

"제, 제발… 난 나가기 싫어."

나가면 죽는다는 사실을 알고 있는 상태다. 엔시스의 얼굴은 공포로 일그러져서 볼만해져 있었다. 나는 픽 하고 웃으면서 엔시스의 손을 놓아 주었다. 엔시스는 부랴부랴 내게서 뒤로 물러났다.

내가 느긋하게 입을 열자, 엔시스의 얼굴은 일그러졌다.

"그 초능력자들도 전력을 다해서 이 세계의 위기를 구하고 싶었던 것 같군. 그런데 당신은 자기만 살겠다고 그들을 돕지는 못할망정, 사지로 몰아넣어?"

"……."

"이 쓰레기 같은 놈."

내 힐난에 엔시스는 이빨을 딱딱 부딪히면서 공포와 죄책감에 시달렸다. 살아남기 위해 모든 인성을 버린 인간이 거기에 있었다. 그러면서도 엔시스는 이 상황을 타개하기 위해 자꾸 머리를 굴리고 있었다.

그는 어색하게 웃으며 말했다.

"무슨 말을 하는지 모르겠네. 내가 그들을 사지로 몰아넣다니 그런 일이 있을 리가 없잖은가."

"아, 그래? 그럼 이렇게 하지."

쉬쉭!

내가 순식간에 헤이스트를 걸고 엔시스의 뒤쪽으로 돌아갔다. 엔시스는 눈동자에 비치지도 않는 빠르기라서 멍하니 서 있었다. 나는 그의 손을 잡아채고는 다시 출구 쪽으로 왔다. 고작해야 1초밖에 걸리지 않았다.

"어억!"

나는 그의 손을 잡아서 강제로 핸드프린팅 앞으로 밀었다. 엔시스가 공포에 질려서 비명을 질렀지만 나는 웃으면서 말했다.

"당신 혼자서 먼저 나가 보는 거야. 내가 뒤따라가지. 이래도 똑바로 말하지 않을 거냐?"

"제, 제, 제발!! 살려 줘!! 잘못했어!!!"

나는 손을 거두면서 엔시스를 똑바로 노려보았다.

"내 앞에서 거짓말은 안 통한다. 한 번만 더 거짓말하면 아프라삭스가 아니라 내 손에 죽을 줄 알아라."

"네! 알겠습니다! 으으으."

말투까지 달라졌다. 그는 내게 대한 공포심 때문에 제대로 몸을 가누기도 힘들어 보였다. 왠지 불쌍해 보였지만 자업자득이라 그냥 놔두기로 했다.

이윽고 엔시스에게서 상황 설명을 들었다.

처음에는 엔시스는 운 좋게 살아남자마자 극저온 냉동장치를 가동해서 때를 기다리기로 했다. 그러나 몇 달 되지 않아서 극심한 허기가 느껴지자 미쳐 버릴 것만 같았다.

그러던 중에 생존자가 하나둘 이곳으로 찾아왔다. 처음에는 엔시스도 그들을 환영했지만, 점차 식량이 줄어들자 엔시스의 생각은 동물적으로 변했다. 그리고 결국 참을 수 없게 되자 틈을 노려서 나머지 인간을 죽였다.

말을 하면서 내가 경멸 어린 시선으로 보는 게 찔리는지 엔시스가 급히 변명했다.

"살아남고 싶었을 뿐입니다. 그것뿐입니다."

그 후로 초능력자들이 찾아왔다. 그러나 때는 이미 늦어 있었다. 엔시스의 눈에는 그들이 먹음직스러운 고기로밖에 보이지 않았다. 그렇게 오레이칼코스가 보냈던 마지막 희망은 허망하게 살해당하고 말았다.

'휴우.'

나는 얘기를 들으면서 슬픈 감정에 휩싸였다. 이렇게 엄청난 문명을 소유한 사람들도 생존에 맞닥뜨리면 동물이 되어 버리고 만다. 아무리 시간이 지나도 인간의 본성은 변하지 않는 것이다.

나는 이야기를 다 들은 후에 조용히 말했다.

"난 퀸틸리온을 가동시킬 거다."

"그건 불가능합니다… 아프라삭스를 뚫을 수는 없습니다. 저건 관리자의 권능을 막기 위해서 만들어진 방어 체계. 인간의 힘으론…"

엔시스가 부정적인 변명만 늘어놓자 나는 그의 멱살을 다잡았다. 엔시스는 죽는 비명을 질렀다. 나는 그를 정면으로 노려보며 말했다.

"당신이 함정에 빠뜨린 그 초능력자들도, 당신이 도와줬다면 퀸틸리온의 봉인을 풀었을지도 몰라. 이런 곳에 있다 보니 정신까지 썩어 버렸나?"

"으, 으윽."

"끝까지 나와 같이 가 줘야겠다. 일단 아는 건 전부 말해라. 너와 내가 함께 퀸틸리온의 봉인을 푸는 거다."

엔시스가 마지못해서 대답했다.

"알겠습니다."

우우웅.

잠시 후 제어실의 불이 꺼졌다. 나는 침묵한 채로 그 어둠 속에서 조용히 기다렸다. 엔시스는 내 눈치를 살피는지 몸을 움찔거렸다. 이 어둠 속이라면 도망칠 수 있을지도 모른다고 생각하는 것 같았다.

하지만 내 감지 능력은 시야에 영향을 받지 않는다. 소리를 차단하지 않으면 눈을 감아도 상대의 위치를 알 수 있다.

그렇게 한 시간 정도가 지나서 내가 자리에서 일어섰다. 이 정도면 확실히 아프라삭스가 물러났다고 볼 수 있는 시간이었다. 엔시스는 노골적으로 싫은 표정을 지었지만, 어쩔 수 없이 먼저 핸드프린팅을 찍었다.

부우웅.

올 때와 마찬가지로 워프하듯이 바깥으로 이동했다. 엘리베이터는 일자로 된 야외 복도의 끝에 있었다. 복도 바깥은 밑이 보이지 않는 무저갱이다. 엘리베이터의 저 좁은 공간이 상하로 이동하면서 인간을 옮길 수 있는 것이다.

나는 힐끔 위를 바라보았다. 어둠 속에서도 아프라삭스의 존재가 선명하게 느껴졌다. 검은 연기가 구름처럼 뭉치면서 저만치로 물러나고 있었다. 나는 저것과 부딪히면 손쓸 도리가 없을 거란 생각이 들었다.

엔시스가 내 눈치를 살피다가 조심스럽게 말했다.

"엘리베이터를 가동하면 바로 아프라삭스가 눈치채고 공격해 올 것입니다… 빛과 동력이 움직이는 거니까요."

"상관없어. 내가 하는 걸 잘 보기나 해."

나는 말이 끝나자마자 엘리베이터로 성큼성큼 걸어갔다. 단추를 누르자 조그마한 밀실의 문이 쩍 하고 열렸다. 엘리베이터는 모두 75층으로 이루어져 있는 것으로 보였다.

오레이칼코스의 말대로라면 최하층인 1층에 퀸틸리온의 봉인이 있다. 엔시스가 불안한 눈으로 나를 바라보았지만, 나는 씩하고 웃은 후 1층을 눌렀다.

그러고는 바로 나와 버리고 말았다. 엘리베이터는 사람을 태우지 않은 채로 제멋대로 내려가기 시작했다. 그러자 상공을 부유하던 아프라삭스가 안개처럼 흩어지더니 쏜살같이 엘리베이터를 노리고 날아 내려갔다.

쿠오오오.

우리는 아프라삭스가 엘리베이터를 향해 내려가는 것을 위에서 보고 있었다. 나는 무덤덤하게 그 광경을 보았지만, 엔시스가 마음에 안 드는지 종알거렸다.

"아니 이래 봤자 우리가 내려갈 수 없다면 마찬가지입니다. 공격은 받지 않겠지만 어째서 이렇게 의미 없는 짓을."

"영감. 마법이 뭔지 아나?"

내 질문에 엔시스가 눈을 멀뚱멀뚱하게 떴다. 그러더니 모른다는 뜻으로 고개를 저었다. 역시 마법을 아는 건 오레이칼코스뿐인가.

"잘 보라고. 마법이란 게 얼마나 대단한 건지 보여 줄 테니까."

우지직우지직.

이윽고 엘리베이터를 뒤덮은 어둠이 연기처럼 변해서 엘리베이터 실내로 흘러 들어가는 게 느껴졌다. 역시나 저것은 물리적인 힘이 강하다기보다는, 마주친 것의 생기(生氣)를 빼앗는 힘이 있는 것 같았다. 아프라삭스가 뒤덮거나 말거나 엘리베이터는 하던 대로 1층까지 계속 내려갔다.

나는 청력을 집중해서 엘리베이터가 어디까지 내려가는지를 느꼈다. 깊이가 km 단위를 넘는다면 내 청력도 통하지 않는다. 다행히 내 청력의 한계 지점에서 아슬아슬하게 엘리베이터가 최하층까지 도달했다.

'좋았어.'

내 생각대로 아프라삭스는 생명체를 죽일 뿐, 기물에 손대지는 못하는 것 같다.

아프라삭스는 생명체를 발견하지 못하자 이상함을 느꼈는지 주변을 획획 돌아보다가, 다시 구름처럼 변해서 급격히 위쪽으로 치솟았다. 어느 정도 아프라삭스가 위쪽으로 왔다고 생각했을 때, 나는 엔시스의 손을 잡고 재빨리 주문을 외웠다.

"텔레포트(Teleport)!!"

쉬이익.

나와 엔시스는 순식간에 새까만 어둠이 가득 찬 1층으

로 내려와 있었다. 엔시스는 갑자기 주변 공간이 변화하자 당황한 듯했다. 나는 생각대로 되었다는 생각에 회심의 미소를 지었다.

"훗."

엘리베이터가 이동할 때, 엘리베이터 내에 마법 표식을 살짝 붙여 두었다. 그리고 엘리베이터가 지하 1층에 도착했을 때 그 좌표를 따라 순간 이동 해 버린 것이다. 요는 엘리베이터가 어디에 도착할지만 알고 있으면 되는 것이기 때문이다.

말은 쉽지만 이것도 7클래스 마스터는 되어야 할 수 있는 기교다. 나는 새삼 마법을 포기하지 않기를 잘했다고 생각하며 어둠 속을 헤치고 걸어갔다.

엔시스는 눈이 보이지 않아서 내 손만 잡은 채 따라오고 있었다. 나는 걸어가면서 엔시스에게 물었다.

"퀸틸리온의 봉인은 어디지?"

"그, 그러니까 지금 최하층으로 내려오신 겁니까?"

"그래."

"그렇다면 거대한 철문을 찾아서 안으로 들어가야 합니다. 그 안으로 쭉 가다 보면 퀸틸리온의 봉인실이 있습니다."

나는 어둠 속을 헤치는 게 불편했지만 빛이 생기면 바로 아프라삭스가 쫓아올 게 뻔했다. 어쩔 수 없이 청력으로 주변의 사물을 더듬으며 엔시스가 말하는 철문을 찾는 수밖에 없다.

한참을 찾다 보니 뭔가 손에 닿이는 게 있었다. 나는 제대로 된 철문이라는 걸 알아채고는 그 안으로 들어가 보기로 했다.

"투과(Penetration)."

주문을 외우자 나와 엔시스의 몸이 투명하게 변하더니, 곧 실체가 없는 유령처럼 철문을 뚫고 들어갔다. 엔시스는 이 상황이 못내 신기한지 눈만 크게 뜨고 있었다.

"헉!"

이 세계 사람들은 마법이 생소한 듯하다.

"안은 불빛이 있군."

나는 아무렇지도 않게 안으로 들어와서는 주변을 둘러보았다. 칠흑 같은 어둠이 지배하던 바깥과는 달리 이곳은 붉은빛 조명이 선명하게 들어와 있었다. 엔시스는 실내를 둘러보더니 회한 어린 표정을 지었다.

"내가 다시 퀸틸리온 봉인실에 들어오는 일이 생기다니. 살아서는 다시 올 수 없을 거라 생각했는데."

"주접떨지 마시고, 일단 이곳의 길부터 안내해."

나는 엔시스에게 가진 감정이 좋지 않으므로 거칠게 말을 끊었다. 엔시스는 아차 하는 표정을 짓더니 재빨리 안쪽의 길을 설명했다.

"세 갈래 길입니다. 제 기억으로는 왼쪽으로 가면 봉인실로 바로 가는 통로이고, 중앙으로 가면 승무원실로 알고 있습니다."

"오른쪽은?"

"거기는 제 권한이 안 되어서 가 본 적이 없습니다. 레벨 5의 마스터 이상만 출입할 수 있는 걸로 알고 있는데…."

말꼬리를 흐리는 것으로 봐서 정말 잘 모르는 것 같았다. 나는 처음에 오레이칼코스에게 들었던 말과는 조금 다르다는 것을 느꼈다. 그 녀석 말대로라면 그냥 내려와서 봉인을 풀기만 하면 되는 건데, 오른쪽 방에 뭔가 숨겨져 있다는 느낌이다.

나는 생각을 정하고는 엔시스에게 말했다.

"당신은 여기서 기다리고 있어. 나는 오른쪽으로 한 번 가 보지. 그다음에 왼쪽으로 가도 큰 상관은 없을 거야."

엔시스가 불안에 떨었다.

"아, 아프라삭스가 오면."

"올 리 없다는 거 알잖아?"

내가 퉁명스럽게 말하자 엔시스가 입을 다물었다. 어떻게든 나를 따라다녀야 안심이 되는 모양이지만 문제가 다르다. 왠지 오른쪽 방에는 심대한 비밀이 숨겨져 있다는 느낌이 들었다.

타닷.

나는 뛰어서 오른쪽 갈래 길로 들어갔다. 통로 곳곳에는 레이저 총과 시체가 떨어져 있었는데, 아마도 인간끼리 싸우다가 다 죽은 것 같았다. 이렇게 밑에 있는 곳도 내란을 겪은 것이다. 통로에 시체가 널려 있을 정도면 중앙의 승무원실도 시체 더미일 것이다.

'시체 보기도 지겹군.'

이윽고 새하얀 문 앞에 서자, 처음 이 세계에 왔을 때와 마찬가지의 소리가 들려왔다. 익숙한 기계음이다.

[허가받지 않은 자는 자료실에 출입할 수 없습니다. 관계자라면 레벨 5의 마스터패스를 출입문에 인식시켜 주십시오.]

"흥."

나는 손에 전격보호 마법을 걸어 둔 채로 문에 손을 올렸다. 그러자 3클래스 급의 뇌전이 느껴지면서 전신이 진동했다. 다행히 마법을 걸어 둔 상태라 충격은 크지 않았다.

[대상 마스터패스가 필요 없음을 확인. 레벨 6 관리자 분들께서는 보안에 신경 써 주시기를 바랍니다. 즐거운 하루 되십시오.]

위이잉—

"역시 이렇다니까. 내가 관리자라고 인식하는 건가."

나는 푸념하면서도 일이 술술 풀리는 게 기뻤다. 난 관리자인지 뭔지가 아니지만, 일이 잘되면 그걸로 족하다. 어차피 이 세계에 오래 있을 것도 아니기 때문이다.

걸음을 옮겨서 방 안으로 들어가자 사람 두셋이 먹고 살 만한 크기의 아늑한 공간이 눈에 들어왔다. 당초 설명은 자료실이었는데 분위기가 맞지 않았다. 나는 이상하게 생각하며 좀 더 안쪽을 둘러보았다.

"여긴 휴게실인가."

문 위에 웬 표지판이 보였다.

Enutaph Cilius의 방

"뭐라고 읽는 거야?"

나는 인상을 찡그렸다. 이 세계의 언어는 대충이나마 알고 있지만, 왠지 고유명사나 사람 이름을 읽기 힘들다. 이 세계는 특이하게도 대화체와 명사체를 구분해서 쓰고 있는 것이다.

나는 지금까지와는 달리 그냥 열고 닫는 문이 있는 걸 발견했다. 기계보다는 그냥 손으로 만든 듯한 문이었다. 목조 문을 열고 안으로 들어가자, 방금 전에 누가 있었다고 해도 믿을 듯한 방이 있었다.

책상과 침대. 그리고 정체를 알 수 없는 첨단기기.

5분 전에 사람이 살고 있었던 것처럼 단정하고 먼지 한 올 없는 깔끔한 생활감. 밖은 시체와 죽음이 창궐하고 있는 걸 생각하면 이질감이 장난이 아니었다.

책상 위에는 노트가 하나 놓여져 있었다.

"이건?"

갈색으로 멋들어지게 장식된 고풍스러운 노트였다. 물론 우리 세계와는 다른 재질이다. 나는 호기심에 손을 뻗어 그 일기를 손에 잡았다.

그때였다.

[새로운 세계를 창조할 것이다.]
[미친 소리 하는군.]
[어떤지는 네 눈으로 직접 확인해라. 우리가 만들어 낼 세계의 모습을, 네 눈으로 보란 말이다.]

"큭!"

나는 머리를 강하게 붙잡았다.

또다. 또 머리가 아프다. 알 수 없는 소리가 울리면서 머리가 아프다. 대체 왜… 이런 고통이 찾아오는 건가. 이 세계에 오고서는 이런 일이 연속이다.

그러면서도 알 수 없는 분노와 희열이 동시에 느껴졌

다. 이곳에 당연히 왔어야 한다는 기분이 든다. 나는 두 통이 멎자 천천히 일기를 넘겨 보기 시작했다.
 일기는 6월 21일 일요일부터 시작하고 있었다.

 오늘은 로케스트 녀석과 함께 술을 마셨다. 항해는 순조롭지만 역시 마음에 안 드는 게 많다. 관리자의 권한이라고 해도, 결국은 우리는 본성에서 좌천당한 셈이다.
 로케스트는 별로 불만이 없어 보이지만 나는 괴롭다. 명문가의 자식으로 태어나서 출세하고픈 꿈이 한순간에 꺾여 버렸다. 이게 다 그 일 때문이다…

 재수 없는 제이슨 자식.

 리무엘 카 탈마일이 내게 손을 잡자고 제안해 왔다. 놈도 탈마일 가에서 반쯤 버려진 서자 출신이다. 우리 둘이서 힘을 합쳐서 본성에 반기를 들 수 있을지도 모른다. 혹해서 일단 승낙은 했지만 놈이 배신할까 봐 걱정이다.

 계획의 기초를 만들었다. 안셀무스는 아무것도 모르는 채로 시스템의 스킬(Skill)을 제작해 주기로 했다. 오레이칼코스는 마법(Magic)을 만든다. 이대로 진행되면 완벽하다.

기함 오레이칼코스에 제어코드 '아사페트라'를 입력하는데 성공. 이걸로 우리의 계획이 의심받을 일은 없다. 이대로 착실하게 새로운 세계를 만드는 데 전념한다.

새로운 세계?

큰일이다. 현재 안셀무스가 어느 정도 눈치를 챈 것 같다. 이 일기를 다 쓰고 나서는 결정을 내려야 할 것 같다. 아직 다 포섭하지 못했는데, 이대로 새로운 세계를 창조해야 할 것인가?
하늘의 운에 맡기자.

마지막 글은 너무 흥분한 상태에서 썼는지 마구 갈겨 쓴 필체였다.

나는 성공했다. 이제 퀸틸리온을 통해서 그 세계로 들어가겠다. 어리석은 자들은 내버려 두고 이제 나의 세계를 만들어 가겠다.

"……"

나는 읽던 도중에 정체 모를 소름을 느꼈다. 이 방에 있던 Enutaph란 녀석은 아마 다섯 명의 관리자 중의 하나일 것이다. 그렇다면 오레이칼코스의 말대로 함 내 반란은 관리자가 주도했다는 뜻이다.

일기 중에서 '새로운 세계'라는 말이 생선가시처럼 목에 걸렸다. 마치 관리자란 놈들이 우리 세계를 창조했다는 듯한 뉘앙스였다. 꼭 우리 세계란 법은 없지만, 그럴 가능성이 높았다.

'말도 안 돼.'

나는 속으로 부정했지만 인상이 찌푸려지는 건 어쩔 수가 없었다. 아무리 과학 기술이 발달했다지만 하나의 세계를 창조한다는 게 가능한 일이 아니다. 9클래스 마스터조차 아공간을 만들기 힘들기 때문이다.

그리고 일기의 맨 뒷장에는 웬 이름이 적혀 있었다.

```
Enutaph Cilius : Experience Consumer
Limuel ka Dharmail : Level Downer
Rogast Ma Lamagis : Rule the Level
Jeisin : Deus Ex Machina
Anselm : Black Book, The booker
```

"뭐야, 이건."

역시 이 세계의 언어로 쓰여 있어서 제대로 읽기 힘들다. 다만 관리자들의 이름이란 건 알 수 있었다. 오른쪽은 연구 분야나 능력 같은 게 아닐까?

나는 일기를 품속으로 집어넣었다. 나중에 왠지 유용하게 쓰일 것 같았다. 오레이칼코스에게 보여 주면 어찌 된 일인지 설명해 줄지도 모른다.

방에서 나가기 전에 기다란 칼이 하나 눈에 띄었다. 책상 뒤편에 숨겨져 있었는데, 그 검신(劍身)이 묘하게 내가 가진 이누타브 블레이드와 닮아 있었다. 재질은 이 세계의 금속으로 만들어진 것 같았다.

"이것도 가져가 볼까."

나는 허리춤에 쌍신검(雙身劍)의 형태로 두 자루의 검을 끌러 찬 후 방을 나섰다. 이젠 퀸틸리온의 봉인만 풀면 이 세계에서의 일은 끝나게 된다.

내가 다시 세 갈래 길의 중심에 왔을 때였다.

"어디 갔어?"

이상하게도 엔시스의 모습이 보이지 않았다. 그리 몸이 불편한 노인네는 아니니, 내가 방 안에 들어가 있던 몇 분 사이에 움직였을 가능성은 있다. 무엇보다 이곳에는 함정이 없는 것 같았다.

바로 왼쪽의 봉인실로 가서 봉인을 풀어 버리면 간단한 일이지만, 어째 엔시스의 움직임이 신경 쓰였다. 놈을 가만히 놔두면 큰일을 벌일 것만 같은 예감이 들었다. 우선 놈을 찾아보기로 하며 움직였다.

"어이 엔시스!! 어딨냐!!"

나는 경로사상 따위 무시하며 고래고래 외치면서 중앙으로 돌진해 들어갔다. 설마 엔시스의 소심한 성격에 바깥으로 나갈 리가 없으니, 중앙 아니면 왼쪽으로 간 게 틀림없다.

내가 마스터패스도 없는 중앙동의 문을 활짝 열어젖혔을 때였다. 예고도 없이 시뻘건 용암 같은 레이저가 내게 쏘아져 오고 있었다.

쉬쾅!!

나는 자동 주문으로 설정해 둔 블링크로 손쉽게 피했지만 놀라움을 감출 수가 없었다. 다짜고짜 공격해 온 놈의 정체가 바로 엔시스였기 때문이다.

"너!!"

꾸룩꾸룩.

엔시스는 웬 거대한 갑옷 같은 기계에 얼굴만 빼꼼 내민 채로 들어가 있었다. 안에는 액체가 가득 차 있었는데 그 상황에서도 숨을 쉴 수 있는 것 같았다. 엔시스는 족히 5미터는 될 법한 갑옷기계 내에서 흉측하게 웃으며 텔레파시를 보내 왔다.

―내 생각대로… 중앙실에 있던 아크슈트(ArcShute)가 남아 있었다. 이 애송이 자식! 네놈을 죽이고…!!

"죽이고?"

내 반문에 엔시스가 광소를 터뜨리며 돌격해 들어왔다.

―네 생고기와 내장을 먹어 치워 주마!!

맙소사. 이미 엔지니어 같은 게 아니잖아?!

내가 속으로 푸념을 하든 말든, 엔시스가 조종하는 갑옷기계는 한쪽 손을 드릴처럼 만들고는 내 쪽으로 발사했다. 그 속도는 가히 음속에 가까워서 웬만한 인간은 저항도 못하고 죽을 것 같았다.

위이이잉.

하지만 그건 전사 Lv. 20대까지 통용되는 이야기! 나는 그 공격이 눈에 잡힐 듯이 선명하게 느껴졌다. 공격이 거의 다 도착했을 때 아슬아슬한 간격으로 피하고는 그대로 무영창으로 플레임 스트라이크를 시전했다.

이 정도면 5클래스 후반의 파괴력이다.

불꽃의 원반 다섯 개가 예고 없이 허공에 떠오르더니 엔시스의 사지를 절단할 것처럼 포위했다. 엔시스는 불꽃의 톱날을 피하지도 않고 전신을 강하게 진동시켰다. 강렬한 진동파가 허공까지 번져 나왔다.

쿠르르르릉.

"……!!"

나는 깜짝 놀라고 말았다. 저 갑옷기계에서 떨쳐져 나온 진동파가 그대로 플레임 스트라이크를 소멸시켜 버렸기 때문이다! 내가 긴장한 채로 살짝 뒤로 물러서자, 엔시스는 광소를 터뜨렸다.

―크하하하하!! 네놈이 배틀마스터 급이라고 해도 상관없다! 이 아크슈트의 동력은 무한이다. 어디까지 버틸 수 있을까!!

철컹거리면서 아크슈트의 가슴과 배가 활짝 열렸다. 그러고는 거기에서 조그마한 포신이 일천 개도 넘게 나타났다. 나는 그게 바로 나를 공격했던 레이저 빔포라는 것을 깨닫고 이를 악물었다.

"젠장!!"

콰과과과광.

찰나간에 빔포가 쏟아지면서 내가 서 있던 자리를 누더기처럼 만들었다. 건물이 진동하고 부스러기가 떨어졌다. 나는 블링크로 피하면서 놈의 틈을 노렸지만, 어디에 빔포가 숨겨져 있는지 모르니 함부로 접근할 수가 없다.

놈의 무기는 거기서 끝이 아닌지 등허리와 어깨에서 화살 모양의 무언가를 방출했다. 나는 혹시나 하는 마음에 파이어 볼을 날렸지만, 그것은 파이어 볼에 닿이자마자 그 자리에서 엄청난 폭염과 함께 터져 버렸다.

파괴의 잔향과 역장이 내 몸을 저 뒤편으로 날렸다. 나는 허공에서 공중제비를 돌며 자세를 잡았지만 그때는 다시 빔포가 날아올 준비를 하고 있었다. 이렇게 좁은 공간에서는 내가 압도적으로 불리하다!

나는 급히 실드를 쳤다.

"포스 필드(Force Field)!!"

티티팅.

다행히 빔포도 포스필드를 쉽게 뚫을 수는 없는지 빔포가 튕겨 나갔다. 아크슈트 내에서 엔시스가 놀라운지 감탄성을 흘렸다.

―호오. 그게 마법이라는 거냐? 역장까지 조작하다니 놀라운 힘이군. 하지만 그런 작은 역장으로 어디까지 버틸 수 있을까!!

네놈도 역장(Force)을 알고 있냐. 하긴 오레이칼코스도 이 세계의 지식을 기반으로 마법을 만들었을 것이다.

"고양이 쥐 걱정 안 해 줘도 돼!"

나는 버럭 외치면서 곧장 다른 주문을 영창하기 시작했다. 전보다 수준이 올라서 영창은 훨씬 빨라져 있었다. 놈이 나를 건드린 게 잘못이다.

"아침에 불사조를 타고 하늘에 오르고 저녁에 바다를 보니 흰 파도가 일어나니! 와라, 정령의 뇌신!"

내 손이 번개를 머금고 파직거렸다. 놈은 포스필드를 뚫으려다 불길함을 느꼈는지 몸을 뒤로 뺐다. 하지만 그 정도로는 이 최강 주문의 범위에서 벗어나지 못한다.

"대뢰신주(Grand Lightning Spell)!! 라이트닝 프롬 더 헤븐(Lightning From the Heaven)!"

티리링.

나는 활줄 없는 활을 잡으며 손을 쭉 늘였다. 그리고 다른 손으로 활줄을 잡듯이 마력을 잡아채었다. 동시에 뇌신의 분노를 상징하는 8클래스 최강 주문이 자비 없이 발사되었다.

[실드!]

그러자 놀랍게도 아크슈트의 전신에도 내 포스필드와 같은 무형의 방어막이 치솟아올랐다. 라이트닝 프롬 더 헤븐은 잠시 그 방어막에 막히는가 싶더니, 이윽고 내가 마력을 돋우자 빛의 광구로 변했다.

이 주문은 2단계가 있다고.

슈쾅!

화살에서 거대한 빛의 창으로 변화한 대뢰신주는 장난처럼 역장을 뚫으며 아크슈트의 심장을 관통했다. 아크슈트의 안에 들어 있던 엔시스는 믿기지 않는다는 눈으로 자신의 몸을 내려다보았다.

―이, 이럴 수가….

콰콰콰광.

그것이 엔시스의 유언이었다. 뇌전에 관통당한 아크슈트는 거대한 폭발을 일으키며 그 자리에서 터져 버렸다. 나는 미리 실드 주문을 다시 걸어 두었지만, 그 파괴력과 온도 때문에 살갗이 따가울 정도였다.

"우웃."

이윽고 후두둑거리며 아크슈트의 잔해가 떨어졌다. 설마 이 주문에 맞고도 형체를 유지하다니, 확실히 대단한 전투기계다. 나는 저런 게 동시에 10기씩 공격해 오면 당해 내지 못할 거라는 생각이 들었다.

나는 죽은 엔시스를 위해 잠시 추모를 해 주었다.

"나만 안 건드렸어도 살아남았을 텐데. 불쌍한 놈."

놈은 나를 죽인 다음에 자신이 봉인을 풀어서 신이 될 생각이었던 것 같다. 하지만 내가 얼마나 강한지 파악하지 못한 게 놈의 불행이었다.

내가 몸을 재정비하고 봉인실로 향하려 할 때였다.

[경고! 아프라삭스가 강한 빛을 감지하고 접근하고 있습니다! 경고! 사용자의 도주를 권고합니다.]

"헉!"

나는 들어왔던 출입구로 검은 안개가 스멀거리며 흘러들어오는 것을 발견하고 경악했다. 그러고 보니 싸우면서 났던 대뢰신주의 출력이면 충분히 밖에 빛이 번질 만했다.

이럴 줄 알았으면 그냥 달려들어서 이누타브 블레이드로 쳐 죽이는 건데! 그리 강한 놈도 아니었는데 조급해져서 실수해 버렸다. 나는 내 실수를 후회했지만 지금은 행동부터 해야 하는 상황이다.

"블링크!"

나는 1초마다 50미터를 이동하는 블링크의 주문을 반복하며 그 자리에서 멀어졌다. 내가 갈래 길 왼쪽의 봉인실 문 앞에 도달한 순간에 아프라삭스도 내부로 날아 들어오기 시작했는데, 그 속도는 전율이 일 정도였다.

음속.

잠시 뒤를 돌아본 사이에 아프라삭스의 검은 안개는 이미 육안으로 보일 정도로 다가와 있었다. 나는 깜짝 놀라서 급히 봉인실의 문 앞에 손을 올렸다.

[대상 마스터패스가 필요 없음을 확인. 레벨 6 관리자 분들께서는 보안에 신경 써 주시기를 바랍니다. 즐거운 하루 되십시오.]

위잉.

문이 열리는 소리와 동시에 나는 아까 제어실에 들어갈 때처럼 다른 공간으로 워프해 있었다. 아슬아슬하게 시간을 맞춘 것이다.

"휴."

간신히 숨을 쓸어내리고 있자 주변의 풍경이 눈에 보였다. 새하얀 백벽(白壁)으로 가득 차 있지만, 이 공간의 중심에 있는 것은 홍염과도 같은 붉은 빛을 내뿜는 거대한 원구체였다.

"어라."

그 원구체는 마치 종이에 그린 것 같은 그림으로 보이는가 하면, 실제로 존재하는 것 같기도 했다. 눈을 한 번 깜박이자 몇 백 미터 밖에 있는 것처럼 멀어 보이기도 했다.

내 시력이 이상해졌나 싶었지만 그건 아니었다.

퀸틸리온(Quintillion)

Lv. ∞ 퀸틸리온
경고 : J. S는 현재 4차원에 있으므로 퀸틸리온에 간섭할 수 없습니다. 접근 시 소멸할 수 있으니 신의 존재증명을 Lv. 5로 만드시길 권장합니다.

"……."

레, 레벨 인피니티(Level Infinity)?!

나는 눈앞에 보이는 황당한 수치에 말을 잊었다. 인피니티(∞)라고 하는 것은 마법에나 쓰이는 것이다. 마법 지식으로 설명할 수 없는 무한대를 표현할 때 쓰이는 기호다. 말 그대로 무한.

설마 레벨에서 인피니티를 볼 줄은 몰랐다. 그것은 저 퀸틸리온이란 게 내가 상상한 것보다 더욱 엄청난 힘이란 뜻이기도 하다.

뭐랄까.

설명대로라면, 차라리 전설의 대마왕이나 괴물이 출현하는 게 나을지도 모른다. 동방신 이누타브가 부활해서 세상을 휘젓는 게 나을지도 모른다. 레벨 인피니티라면 말 그대로 한 호흡에 세상을 멸망시켜도 이상하지 않은 힘이기 때문이다.

게다가 4차원에 있어서 간섭할 수 없다는 건, 퀸틸리온은 더욱 상위 차원의 존재라는 뜻이다. 정령이나 악마조차도 그럴 수 없다.

시야가 흔들리면서 자꾸 이상하게 보이는 것도 이해가 간다. 나는 하위 차원에 있어서 퀸틸리온을 똑바로 볼 수 없는 것이다. 애초에 인간의 상식이나 예측을 불가능하게 하는 존재였다.

퀸틸리온의 봉인을 풀기 위해서는 오레이칼코스가 알려 준 대로, 이곳에 있는 황금색 단추를 3번 눌러야 된다. 그리고 황금색 단추는 내 옆에 있는 제어 기계에 붙어 있었다.

나는 제어 기계 앞으로 걸어가서 섰다. 그러고는 잠시 마른침을 삼켰다.

산달폰

"음. 젠장. 무섭잖아."

머리를 벅벅 긁었지만 그 사실이 변하지는 않는다. 내가 태어나서 진짜 공포를 느낀 적은 거의 없다. 있어 봐야 센마에게 칼빵을 맞아 죽을 때 정도다.

하지만 이번에는 경우가 다르다.

만일 봉인을 풀었다가 일이 잘못되어서 퀸틸리온이 폭주라도 하는 날엔, 그야말로 시체 하나 남기지 못하고 부활할 수도 없을 것이다. 그 폭발의 범위가 어느 정도나 될지 상상도 할 수 없다.

오레이칼코스가 그토록 걱정한 것도 이해가 갔다. 자칫하다가는 생존자는 고사하고 함선이 통째로 날아갈 일이기 때문이다. 나는 손이 떨리는 것을 간신히 멈추면서 심호흡을 했다.

"하아."

하지만 여기까지 온 이상 봉인을 풀어야 한다. 아무것도 하지 않으면 아무것도 변하지 않는다. 그것은 내 손에 죽은 엔시스의 경우를 봐도 쉽게 알 수 있었다.

내가 모험에서 해야 할 것은 멈춰 있는 것을 움직이게 하는 일이다. 모험자는 돌아다니면서 활력을 불어넣는 존재다. 변화의 축이 되어야 한다.

나는 잠시 후 간단 명쾌하게 정리했다.

"까짓거 죽는 것밖에 더 하겠어!"

벌써 두세 번은 죽음의 위기를 겪었고, 한 번은 죽기도 했다. 내 간은 처음과는 비교할 수 없을 정도로 커졌다. 그렇게 생각하자 행동은 바로 이루어졌다.

탁. 탁. 탁.

어째 소리가 이상한데….

황금 단추를 세 번 누르고도 반응이 없어서 퀸틸리온을 뚫어져라 바라보았다. 역시나 변화는 없었다. 이상하게 일그러져 보이는 것도 그대로였다.

뭐야?

설마 오레이칼코스 녀석, 잘못 가르쳐 준 건가.

다시 한 번 황금색 단추를 눌러 보고 싶지만 그랬다가 일이 더 잘못될까 봐 이러지도 저러지도 못했다. 내가 불안한 눈으로 퀸틸리온을 바라보고 있을 때였다.

우우우우웅.

"이건."

내 품속에 넣어 두고 있었던 나팔이 새하얀 빛을 내면서 진동을 울리기 시작했다. 꺼내 보자 나팔은 한층 더 심하게 공명하면서 손을 떨리게 했다. 블랙북이 줬던 제5천 마테이의 지배나팔이라는 것이다.

무슨 일이 벌어지려고 한다.

그런 예감에 내가 잔뜩 긴장하고 있을 때였다.

[우리가 속았군. 그대에게 나팔을 주길 잘 했어.]

머릿속으로 이상한 목소리가 흘러 들어왔다. 내가 깜짝 놀라고 있을 때 내 앞으로 기괴한 천사가 소환되었다. 말 그대로 소리 소문 없이 소환된 것이라 허깨비가 서 있는 줄 알았다.

이건!!

고오오오.

나타난 천사는 회색빛 날개와 가면을 쓰고 있는, 잿빛 날개의 천사였다. 그러면서도 전신에서 금빛 휘광이 흘러넘치고 있어서 성스러움이 느껴졌다. 나는 그 위압감에 숨도 제대로 쉴 수가 없었다.

"다, 당신은."

설마 내가… 기세에 눌리다니!

이런 일은 이 세계에 들어와서 처음이다.

[간만에 보는군. 나는 천계 제5천을 지배하는 자, 대천사 산달폰(Sandalphon). 데우스 엑스 마키나의 계약에 의해 그대를 수호하기 위해 찾아왔다.]

나는 그 회색 가면에서 문득 하나의 존재를 떠올렸다. 늘 블랙북과 함께 다니던 회색빛 아기천사. 그 아기천사가 본체를 드러낸 모습이 눈앞의 대천사인 것이다.

천사!

천사라는 존재는 특이하게도 사방신과는 구별되었다. 천사나 악마는 사방신과는 다른 세계에서 왔다고 하며, 사방신 스스로도 그 사실을 인정했다. 천사들의 왕이라고 하는 메타트론은 사방신에 맞먹는 힘을 지니고 있다고 한다.

나는 그 말에서 이상함을 느꼈다.

"데우스 엑스 마키나?"

대천문의 봉인을 풀 때도 한 번 들었던 말이다. 그들은 내가 방랑자니 뭐니 하면서 내게 대천문을 허락했다. 정체 모를 무언가가 내 주변을 감싸고 있다는 느낌에 불안해졌다.

산달폰은 팔짱을 낀 채로 나를 응시했다. 그 눈빛에서 느껴지는 성스러운 기운이 엄청났다.

[그대 방랑자(Wishmaster). 그대는 속아 넘어가서 퀸틸리온의 자기 방어 장치를 가동시켜 버렸구나.]

"뭐? 자기 방어 장치?"

나는 그 말에 황당함을 느꼈다. 내가 오레이칼코스에게 들은 것은 퀸틸리온의 봉인을 풀어서 자신들을 구해 달라는 것이었다. 그런데 뜬금없이 자기 방어 장치가 가동되었다니?

내가 놀라거나 말거나 산달폰이 말을 이었다.

[봉인을 풀기 위해서는 한 번 방어 장치가 작동해 줘야

한다. 그 후에 오레이칼코스가 직접 공간 이동 해서 봉인을 풀 셈이었겠지. 보기 좋게 속았구나, 방랑자여.]

"…젠장, 그런 거였나."

나는 이를 으득 악물었다. 뭔가 꿍꿍이속이 있을 거라고 생각했지만 설마 그런 거였다니. 그 말대로라면 이제 곧 퀸틸리온을 방어하기 위한 힘이 발동하게 되어 있는 것이다.

"잠깐. 그러면 이 함선 전체가 폭발해서 오레이칼코스 놈도 멀쩡하지 못하잖아!"

[이곳은 다른 차원이나 마찬가지다. 아무리 거대한 폭발이 일어나도 이곳의 물질만 소멸할 뿐이다. 그것 때문에 봉인실이 안전한 것이다.]

"……"

그러고 보니 이곳이나 제어실엔 아프라삭스가 들어오지 못한다. 아무리 좁은 틈이라도 연기로 변해서 뚫고 들어올 수 있는 걸 생각하면 이상한 일이다.

그건 결국, 이곳이 다른 아공간이기 때문인가.

나는 생각을 정리하곤 산달폰에게 말했다.

"정체를 알 수 없는 천사 양반. 이제 난 뭘 어떻게 하면 되지? 방법을 가르쳐 줘."

뜬금없이 나타난 아군이지만 적어도 적은 아니다. 이 상황에서 벗어날 수 있다면 도움을 받아야 한다. 전후 사정 같은 것은 나중에 알아봐도 되는 것이다. 내 질문에 산달폰이 묵묵히 자신의 손에 들려 있던 나팔을 머리 위로 들었다.

곧 산달폰의 입이 열렸다.

[열려라, 제5천 마테이여.]

쿠구구구구.

그 순간 눈앞에 백색 공간이 열리면서 엄청난 빛이 쏟아져 나왔다. 그 빛은 어마어마한 수의 천사(天使)였다. 이미 이 공간은 원근감이나 물질의 논리가 통하지 않게 변해 버렸다.

저게 말로만 듣던 천사들인가.

[야라스 옴.]

[세그니샤.]

알아들을 수 없는 천계어와 함께, 수천수만의 천사들이 퀸틸리온을 둘러싸고 저마다 힘을 불어넣기 시작했다. 천사들이 마법을 발동시키면서 퀸틸리온의 압력을 낮추려는 것 같았다. 놀랍게도 그들 하나하나가 최소한 8클래스의 힘을 지니고 있었다.

천사들의 마법진은 내가 알고 있던 마법 지식과는 많이 달랐다. 기초부터 다른 느낌이다.

수만 개의 백색 주문진이 조그마한 홍염 광구 하나를 감싸고 있는 모습은 장관에 가까웠다. 그 광경을 멍하니 바라보고 있자 산달폰이 말했다.

[역시 안 되는군. 폭발시키는 수밖에 없나.]

"뭐?"

지금 상황은 순조로워 보인다. 빽빽하다 못해 액체처럼 변해 버린 고밀도 봉인진이 퀸틸리온을 새하얗게 만들어 버렸다. 솔직히 저런 말도 안 되는 봉인이라면 신도 가둘 수 있을 것 같다.

하지만 산달폰은 저 정도론 안 된다는 듯 고개를 저었다. 그러더니 손가락을 뻗어서 퀸틸리온을 가리켰다.

[보아라.]

그의 말대로 눈을 돌리자, 그곳에는 섬뜩한 광경이 나타나 있었다. 퀸틸리온에게 눈동자 두 개가 생겨 있었고, 이마 부분에서 또 하나의 눈동자가 만들어지고 있었다.

[퀸틸리온이 세 번째 눈을 떴다. 저 눈이야말로 불멸의 상징이다.]

쩌적거리는 소리와 함께 가까이에 있던 천사 하나가 흔적도 없이 모래가 되어 버렸다. 시작은 단순했지만, 점차 천사들이 분해되는 속도가 빨라졌다.

그건 말 그대로 소리 소문도 없는 완벽한 분해였다. 천사들은 저마다 도망가려 했지만 형체 없는 소멸은 갈고리처럼 확실하게 천사들을 없앴다.

"헉!"

나는 등줄기를 타고 오한이 흐르는 걸 느꼈다. 천사들의 힘은 셋만 모여도 대마도사에 필적할 정도다. 그런 천사들이 마치 벌레처럼 퀸틸리온에게 잡혀 죽고 있는 것이다.

산달폰이 자신의 날개를 활짝 폈다.

그러고는 힘을 강하게 방출시키기 시작했다.

[케테르(Keather)의 지배자가 명한다. 멈춰라!!]

꽈르르릉.

동시에 대륙 하나를 날려 버릴 법한 어마어마한 크기의 뇌장(雷場)이 퀸틸리온 위에 내려 꽂혔다. 나는 이토록 가공할 규모의 권능은 본 적이 없었다. 쏟아져 내리는 빛을 피할 생각도 하지 못하고 멍하니 구경만 하고 있었다.

"……!!"

이게 대천사 산달폰의 힘인가.

그리고 이런 대천사와 맞먹거나 능가하는 사방신의 힘은 대체 어느 정도인 건가. 새삼 이누타브에 대한 두려움이 치솟아오르는 게 느껴졌다.

퀸틸리온은 그 공격에 움찔하면서 잠시 세 번째 눈을 닫았다. 살아 있는 생명체처럼 눈을 데굴데굴 굴리면서 자신을 포위한 천사들을 쳐다보았다.

나는 질린 목소리로 말했다.

"저건 의지를 갖고 있는 건가."

[생명의 나무에 가장 가까운 물건이다. 안 그러면 이상하다. 신조차도 건드릴 수 없는 괴물이다.]

"……."

[어쩔 수 없군. 나의 세계로 빨아들이겠다.]

산달폰이 그렇게 말하면서 자신의 두 날개를 활짝 펼쳤다. 그러자 가슴께에 모인 두 손이 빛나면서 퀸틸리온을 향해 빛을 발사했다. 퀸틸리온은 그 공격을 피하지 못하고 정통으로 맞았지만 타격은 없어 보였다.

그러나 산달폰이 노린 것은 퀸틸리온을 공격하는 게 아니었다. 그는 그대로 퀸틸리온과 자신을 천사 떼로 뒤덮으면서 공간을 닫아 버리기 시작한 것이다!

쿠웅.

눈꺼풀이 닫히는 것처럼 순식간에 나를 제외한 모든 존재가 이 아공간에서 사라져 버렸다. 나는 긴장하며 사방을 주시했지만 별다른 변화는 일어나지 않았다.

"……."

찰나와도 같은 시간이 지나갔다.

나는 잔뜩 긴장하고 있다가 약간 김이 빠지는 것을 느꼈다. 아무래도 별일 없이 끝나 버린 것 같았다. 그렇게 생각하고 산달폰을 부르려고 할 때였다.

[우오오오오오오!!!]

거대한 괴성이 울리더니 내 머리 위쪽에서 차원이 열렸다. 그곳에는 흑색의 폭발이 일어나면서 백색 천사 수십만을 집어삼키는 끔찍한 광경이 일어나고 있었다.

비명을 지르는 것은 천사들이었다. 찬란한 천사들의 영토와 궁전이 한순간에 퀸틸리온의 폭발 때문에 부서져 가고 있었다. 폭발은 한도 끝도 없이 확장되면서 모든 것을 집어삼켰다.

[크아아아아아아아!!]

척 보기에도 엄청난 마력을 지닌 천사들이 항거했지만 소용이 없었다. 퀸틸리온의 폭발은 모든 속성과 힘을 무시하고 상대를 집어삼켰다. 마치 도시를 집어삼키는 파도와 같았다.

흑염의 지옥!

이윽고 폭발이 끝났다.

허공에 떠 있는 퀸틸리온은 검은색의 구체로 색깔이 변해 있었다. 그 무시무시한 힘은 쳐다보는 것조차도 두렵게 했다.

홀연히 나타난 산달폰이 그 구체를 한 손에 든 채로 재차 이쪽 세계로 넘어왔다. 내가 얼떨떨한 눈으로 산달폰을 바라보자, 그는 지친 듯한 목소리로 말했다.

[퀸틸리온의 폭발이 끝났다. 이젠 네가 다룰 수 있을 것이다, 방랑자여.]

"방금 그건…."

[제5천계 마테이의 절반이 날아가 버렸다. 이 정도일 줄은 예상을 못했지만, 퀸틸리온을 제어하는 대가라면 싼 편이구나.]

"……."

나는 대천사의 말에 입을 꾹 닫아 버리고 말았다. 그리고 내 손에 들고 있는 이 퀸틸리온의 힘에 전율했다. 그저 방어 장치만으로도 천계의 절반을 날려 버릴 정도라니!

이런 힘을 한 인간이 다룰 수 있다면, 진정으로 신에 필적할 수 있을 것이다.

"후~우."

나는 심호흡을 한 후 다시 퀸틸리온을 들고서 정신을 집중했다. 더 이상 단추 같은 건 필요가 없다. 지금의 퀸틸리온은 한순간 힘을 쏟아 내고 휴식을 취하는 상태. 지금 내가 퀸틸리온과 감응해서 이 힘을 얻어야 하는 것이다.

손 위에서 무지개 빛이 번쩍였다. 그와 동시에 끝을 알 수 없는 어마어마한 힘과 지식이 내 머릿속으로 흘러들어 오기 시작했다.

"우우읍."

토가 나올 것 같다.

레벨업을 통해서 얻어 냈던 힘과는 아예 차원이 다르다. 지금까지 받아들였던 게 수도꼭지에서 나오는 물이었다면, 이건 바닷물을 통째로 부어넣는 것 같다.

머릿속이 터질 것처럼 아팠다. 관자놀이 양쪽이 쑤시면서 장이 아파 왔다. 눈알이 튀어나올 것처럼 아프다는 말이 무엇인지 오늘 실감할 수 있다.

그런 고통과는 별개로, 눈앞에는 계속해서 레벨업 메시지가 떠오르고 있었다. 그것만이 나를 이 지옥에서 버티게 해 주는 원동력이었다.

[퀸틸리온 습득에 성공했습니다.]
[상정된 경험치 획득 수치는 백경(百京). 그러나 신의 존재 증명 레벨이 5가 되지 못했으므로 경험치 획득을 보류합니다.]
[시스템 진화하겠습니다. 분기와 시나리오의 진행권을 사용자 J. S에게 모두 위임합니다. 시스템 인격형성이 가능해졌습니다.]
[비밀 분기 '세계의 진실'이 해금되었습니다.]
[직업 레벨 신(神)에 경험치를 투자할 수 있게 되었습니다.]

점차 고통이 사라졌다.

지금까지와는 달리 직접적으로 경험치를 얻지는 않았다. 굳이 말하자면 좀 더 그릇이 커진 느낌이다. 게다가 이젠 신이 될 수도 있는 것이다.

그나저나 신의 존재증명이란 스킬은 뭐가 그리 중요한지 모르겠다. 안셀무스란 놈이 만든 것 같은데, 저게 레벨 5가 되는 순간 무슨 일이 일어나도 일어날 느낌이다.

"웃. 좋군."

나는 퀸틸리온을 얻자마자 모든 HP와 MP가 회복된 것을 느꼈다. 퀸틸리온을 얻었다는 것은, 흑색의 구체가 내 몸속에 흡수되었다는 뜻이다. 아마 앞으로는 원할 때마다 내 체력과 마력을 회복시켜 주는 역할을 할 것이다.

산달폰은 그런 내 모습을 바라보다가 불쑥 말했다.

[그럼 이제는 나와 볼일이 없을 것이다. 부디 원하는 일을 이루기를 바라겠다.]

"어, 갑자기 왜?!"

만나자마자 이별이라는 말은 있지만, 이렇게 멋대로 도움을 줬다가 사라져 버리면 황당하잖아! 내가 산달폰을 붙잡자, 그는 냉담하게 말했다.

[너와의 계약이 끝났기 때문이다.]

쉬쉭.

그리고 산달폰은 왔을 때와 마찬가지로 소리 없이 차원 문을 열고 사라져 버렸다. 나는 허탈함을 느꼈지만 괜한 감상에 젖어 있을 때가 아니다.

이젠 정말로 심각하게 생각해 봐야 한다.

나를 방랑자(Wishmaster), 혹은 관리자라고 부르는 데는 분명히 이유가 있다. 정말로 내가 전생에 대단한 놈이었나? 그런데 그렇다면 일개 경비병으로 지내고 있다가 갑자기 능력이 나타난 이유가 설명이 안 된다.
  "골치 아프네."
  아무튼 지금은 밖으로 나가 봐야겠다.

제3장
레비, 등장

문에 손을 대고 다시 밖으로 워프했다. 생각대로라면 꽤 시간이 지났으니, 아프라삭스가 없을 가능성이 높았다.

하지만 예상은 틀렸다.

슈르르르.

내가 문 앞에 서자마자 사방에 가득 들어찬 칠흑 같은 안개가 내 인상을 팍 삭게 만들었다. 아무리 생각해도 낚여 버렸다. 나는 이미 아프라삭스의 뱃속에 있는 것이다.

"제기랄!"

욕지기를 내뱉었지만 이미 때는 늦어 있었다. 전신을 향해 빠르게 아프라삭스가 몰아쳐 오며 공격했다. 어떻게든 마법을 발동시켜서 막아 보려 했지만 형태 없는 안개를 상대할 방법은 거의 없었다.

당했다!

삽시간에 나는 아프라삭스에 전신이 먹혀서 피부가 시꺼멓게 물들어 가고 있었다. 의식이 점차 사라져 가고 있는 동안에 눈앞에 상태 이상이 떴다.

[아프라삭스의 '생명력 흡수'에 걸렸습니다!]
[아프라삭스의 '이능력 흡수'에 걸렸습니다!]

그 말대로 계속해서 체력과 마력이 빠져나가고 있다. 그것도 드레인 마법과는 비교가 되지 않을 정도의 속도였다. 보통 마법사라면 1초 만에 해골이 될 정도다.

제길. 이런 괴물은 멀리서 궁극 주문을 퍼붓지 않는 한 인간이 상대할 수 없어! 나는 이를 악물고 벗어나려고 애썼지만 몸이 움직이지 않았다.

그렇게 5분이 지났다.

"……"

나, 멀쩡하잖아?

체력과 마력은 무시무시한 속도로 빠져나가고 있다. 고작해야 50초 만에 둘 다 제로까지 떨어질 정도다. 하지만 체력과 마력이 제로가 될 때마다 즉시 풀 상태로 회복되었다.

이 상태라면 5분이 아니라 하루가 지나도 나는 멀쩡하다. 이게 어찌 된 일인지 의아해져서 천천히 한 걸음을 내디뎌 보았다.

아프라삭스도 계속해서 내 몸을 묶어 둘 수는 없는지 몸이 점차 자유롭게 움직여졌다. 나는 검은 안개 속을 자유롭게 걸으면서 신기해서 주변을 둘러보았다.

그러자 서서히 예전에는 보이지 않았던 것이 보이기 시작했다.

아프라삭스

Lv. 60 프라나 가드
Lv. 20 사이오니스트

퀸틸리온을 얻기 전까지만 해도 이놈의 레벨은커녕 정체도 보이지 않았다. 하지만 지금은 선명하게 보인다. 이놈은 안개 구름 한가운데에 자신의 핵을 감춰 두고 있고, 그것을 숨기기 위해서 평소에는 늘 발을 길게 뻗어서 공격하는 것이다.

핵은 내게서 겨우 10미터 떨어진 곳에서 투명하게 모습을 감추고 있었다. 원래라면 심안이라도 각성하지 않는 이상 핵의 정체를 알 수 없을 것이다. 역시 지금은 자연스럽게 눈에 보인다.

나는 곧장 이누타브 블레이드를 뽑아 들고 달려가서 일검에 핵을 내리쳤다. 미스릴 이상의 강도인지 잠시 검날에 불꽃이 일어났지만, 이내 깔끔하게 핵이 두 동강 나고 말았다.

스컹!

아프라삭스는 핵이 조각나서 땅에 떨어지자마자 검은 안개를 유지할 수 없게 되었다. 내 전신을 옭아매면서 체력과 마력을 빨아들이던 검은 안개가 사방으로 흩어졌다.

슈슈슈슈.

"이, 이겼다."

나는 나를 괴롭혀 왔던 아프락사스가 이렇게 쉽게 사라졌다는 사실을 믿을 수가 없었다. 원래라면 골든프릭스 용병단이 와서 상대해도 이기기 힘든 마물이다. 그런데 굳이 공격을 당해 주면서 핵을 갈라서 이겼다. 무대뽀라면 무대뽀였다.

나는 오른쪽 가슴에 흡수된 퀸틸리온 쪽을 바라보면서 머리를 긁적였다. 이걸로 죽을 걱정도 아예 없어져 버린 것이다. 싸울 때 한결 편해질 것이다.

좀 더 괴물이 된 기분이 들어서 마냥 편하진 않았다.

 내가 다시 절벽을 통해서 엔트런스를 넘어 시작 위치로 돌아온 것은 채 한 시간도 걸리지 않았다. 내가 자기장 왜곡 영역을 빠져나오자마자 익숙한 얼굴이 내 앞에 모습을 드러냈다.
"오레이칼코스."
 스윽.
 오레이칼코스, 갈색 머리칼을 지닌 연구원은 안경을 치켜 쓰며 조용히 말했다. 눈빛이 유난히 차가웠다. 목소리는 이제 텔레파시가 아니라 인간의 말이었다.
"퀸틸리온을 발동시키지 않았군요. 실패한 건가요?"
 그 말에 나는 이누타브 블레이드를 꺼내면서 조용히 말했다. 이제 끌려 다니는 것은 딱 질색이다.
"타키온 렙의 제어실에 생존자가 있었어. 이름은 엔시스고, 제어실의 제어부장이라고 하더군."
"그렇군요. 그는 지금 어디에 있나요."
"중간에 사고를 당해서 죽었어."
 자업자득이지만 사고라면 사고다.
 오레이칼코스는 그리 흥미가 없는지 심드렁한 표정이었다. 하긴 오레이칼코스 입장에서는 전멸에 가까운 생존자보다는 퀸틸리온을 운용해서 멸망을 피하는 게 중요할 것이다.

"퀸틸리온의 봉인실까지 갔나요?"

"그래."

"……"

내가 계속 태연한 반응을 보이자 오레이칼코스는 이상함을 느꼈는지 흠칫했다. 역시 이 녀석은 인간 같은 지능과 감정을 지니고 있는 것이다.

나는 한숨을 내쉬었다.

"후, 나를 이제 보내 줘. 더 이상은 이런 이계(異界)에서 낭비할 만한 시간이 없어. 우리 세계는 지금도 변하고 있단 말이다."

"그럴 수는 없습니다."

오레이칼코스는 이를 악물었다.

"내게 남은 유일한 수단은 당신뿐입니다. 당신은 우리를 위해서 노력해 주십시오. 그러면 원래 세계로 돌아갈 방법을 알려 주겠습니다."

나름대로의 협박이지만 나는 동요하지 않았다. 이제는 오레이칼코스가 어떤 놈인지 알 것 같았다. 나는 씩하고 웃으면서 말했다.

"날 속였지?"

"무슨 말이죠."

오레이칼코스의 얼굴에는 표정 변화가 없었다. 하긴

자기가 원하면 얼마든지 표정 따위는 감출 수 있을 것이다. 지금으로서도 이놈의 생각은 읽히지 않는다.

"의심이 되면 봉인실로 공간 이동 해 봐. 지금은 퀸틸리온의 힘 때문에 생겨난 왜곡자기장이 사라져서 쉽게 갈 수 있을 테니까."

"……!!"

오레이칼코스는 그 말을 듣자마자 내 눈앞에서 사라졌다. 나는 놈이 다시 나타날 때를 기다리며 앞으로 걸음을 옮겼다.

이윽고 내가 실내로 진입할 때, 오레이칼코스가 재차 내 앞에 나타나면서 살의를 내뿜었다. 이놈은 상황을 확인해 버린 것이다.

[퀸틸리온은 어딨지?]

"어딨을까."

오레이칼코스는 가타부타 말도 없이 손을 쫙 뻗었다. 그러자 전과 같이 내 움직임이 속박당하고 MP가 0이 되어 버렸다. 내가 표정 없이 내 몸을 내려다보자, 오레이칼코스가 으르렁거렸다.

[말해! 이 세계의 고문을 종류별로 경험하고 싶지 않다면 서둘러서 말하는 게 좋을 것이다.]

나는 그 살의를 정면으로 받아들이며 여유 있게 답했다. 지금이라면 여유를 가질 수 있다.

"그리 내키진 않아. 얼마나 잔인한지는 알고 있으니까 호기심이 생기진 않는다."

퀸틸리온을 통해서 받아들인 것은 이 세계의 지식이었다. 건축, 지리, 학문, 전자, 통신에 이르기까지 모든 지식이 머릿속으로 전문가 수준으로 들어와 있었다. 한마디로 지식만으로는 누구에게도 뒤지지 않는 수준이다.

지금 오레이칼코스가 내게 걸어 버린 것은 초능력의 극한이라고 할 수 있는 시공강제주박(Gaia Holder). 오레이칼코스는 Lv. 70 급의 사이오니스트이기 때문에 시공간을 같이 묶어서 상대를 속박할 수 있는 것이다.

솔직히 이 함 내에서 오레이칼코스를 이기는 것은 불가능에 가깝다. 신이 아닌 이상 오레이칼코스에게 농락당하다가 죽을 것이다. 이 세계는 초능력이 엄청나게 발달해 있어서 전함의 인공지능 정도면 인간의 능력으로는 상대가 안 된다.

오레이칼코스가 나를 날카롭게 노려보았다.

[네가 방어 장치에서 살아남을 확률은 0.0001%였다. 그것까지는 천문학적인 확률이라고 이해할 수 있다. 그러나 퀸틸리온이 사라지다니… 논리로는 이해할 수가 없는 일이다.]

"별로 대단한 건 아니야. 스스로 알아내 보는 게 어때?"

내가 이죽거리자 오레이칼코스가 손을 한 번 말아 쥐었다. 동시에 내 몸이 엄청난 압력에 제멋대로 일그러졌다. 놈은 나를 죽일 생각인지 사지 하나하나에 50톤 이상의 압력을 가해 버린 것이다!

"크윽!"

강하다! 실제 레벨 70급의 염력은 다들 이 정도란 말인가?! 내가 봤던 초능력자들은 말 그대로 애송이 애교 수준이다.

[예정을 변경하겠다. 상대를 고문해서 원하는 정보를 알아낸다. 예상 소요 시간 23시간 10분. 대상 사망률 100%. 지금 시각으로 플랜을 실행한다.]

그 목소리는 완전히 기계가 되어 있었다. 나는 고통 때문에 일그러진 눈을 크게 떴다. 그러고는 놈을 고요히 바라보며 말했다.

"지금이라면 네 마음을 알 수 있어."

[공격.]

다시 한 번 어마어마한 힘이 내 전신을 옥죄어 왔다. 놈은 나를 죽여도 사후 기억을 빼낼 수 있다고 생각하는지 인정사정 봐주지 않았다. 아까보다 두 배 이상 강력한 힘이었다.

"합!"

하지만 내가 기합을 한 번 내지르는 순간 그 염력이 풀려 버렸다. 이것도 퀸틸리온의 힘이다. 오레이칼코스는 공격이 실패한 것에 당황하지 않고 냉정하게 판단했다.

[배틀마스터의 기(氣)에 포함된 오러(Aura)로 판명… 일반 염력 공격에서 시공간 주박으로 변경.]

위잉위잉.

그와 동시에 사방에서 조그마한 구슬 같은 것이 마구 튀어나왔다. 이건 높은 기력을 지닌 배틀마스터를 제압하기 위한 억제장치다.

얌전히 당해 줄 순 없다.

내 검은 삽시간에 광풍처럼 몰아치더니 은은한 기세를 내뿜었다. 이누타브 블레이드에 괴력이 더해져서 몰아치니 1초 만에 억제장치가 모조리 부서져 버렸다.

[억제.]

오레이칼코스는 그 때를 놓치지 않고 재차 염력 공격을 해 왔다. 단순히 허공에 손이 하나 옥죄는 것뿐인데, 오리하르콘도 분쇄해 버릴 만한 힘이 느껴졌다.

나는 강하게 외쳤다.

"완벽초인 모드(Perfect Mode)!!"

전신에서 붉은 기운이 용솟음쳤다. 처음으로 이누타브 플레이트를 소환할 때와는 달리 은은한 혈광마저 느껴졌다. 스파이크가 달린 적황색 갑옷이 내 몸을 감싸자, 염력은 지워지듯이 물러가 버렸다.

슈칵.

내가 헤이스트를 시전하며 오레이칼코스에게 초생달베기를 시전하자 세 갈래의 검기가 몸을 스쳤다. 오레이칼코스는 자신에게 공격이 도달한 것이 놀라운지 이마를 미미하게 떨었지만, 이내 그 자리에서 사라져 버렸다.

부웅.

오레이칼코스가 다시 모습을 나타냈을 때는 내 목덜미에 손을 감고 있었다. 분신 다섯이 나를 둘러싸고 있었다. 내가 멈칫하는 사이에 오레이칼코스가 나직이 말했다.

[아스트랄(Astral).]

내 전신을 타고 섬뜩한 기세가 타고 올랐다. 반사적으로 떠오른 육망성 다섯 개가 몸을 뒤덮자마자, 내 몸이 손끝에서부터 흩어졌다.

이누타브 플레이트의 방어력으로도 막을 수 없다니!

오레이칼코스가 펼쳐 낸 건 극한의 염동능력자만이 발휘할 수 있는 궁극기인 아스트랄이다. 아스트랄을 사용하면 소멸각인이 떠오르면서, HP가 10,000 이하인 생물은 모조리 즉사하는 위력이 있다.

지금의 내 HP는 이누타브 플레이트 덕분에 간신히 10,500을 찍은 상태. 그 덕분에 단박에 소멸당하는 건 피했지만 전신이 물먹은 것처럼 축 처져 버렸다.

'이런!'

궁극기를 맞고도 살아난 건 감지덕지지만, 움직임에 활력이 떨어지면 상대의 공격에 대응할 수 없다! 나는 고개를 떨면서 급히 텔레포트를 시전했지만, 상대는 내 마음을 읽기라도 하듯 더욱 빠르게 따라붙었다.

오레이칼코스의 가녀린 손이 내 손을 툭 치는 순간이었다. 나는 갑옷의 틈을 타고 전해져 오는 어마어마한 압력에 전율하며 비명을 내질렀다.

"으아아아아아악!!"

퍼엉.

동방신 이누타브가 직접 만들었다는 전설의 갑옷, 이누타브 플레이트가 일격에 부서져 나갔다. 이번 공격은 상대도 전력을 쏟았는지 무려 10만 톤 이상의 염동력이 느껴졌다.

나는 심장을 포함해서 내장이 죄다 관통당해 흩어진 끔찍한 느낌에 정신을 차릴 수가 없었다. 센마에게 당했을 때 이상으로 절실하게 죽음의 존재를 느꼈다.

하지만 내 앞에 죽음의 선택지가 뜨기도 전에, 내 몸은 허공에서 엄청난 속도로 재생되기 시작했다. 그 속도는 마치 물이 그릇에 차는 것과 비슷했다. 내가 나가떨어졌을 때는 내장의 절반 이상이 회복되어 있었다.

꾸웅.

오레이칼코스는 허공에 떠서 내게 텔레파시를 보내 왔다. 그 내용은 심히 불쾌하기 그지없었다.

—초재생인가요. 그깟 능력 하나 믿고 저를 농락했다면, 큰 대가를 치르게 될 것입니다.

"이것만 믿는 건 아니지만 말이다."

나는 고통을 참고 간신히 자리에서 일어섰다. 이 재생 능력도 퀸틸리온 덕분에 생긴 것 같다. 원래의 나였다면 처음 일격에 당해서 죽었을 것이다. 나는 반격의 기회가 생겼다는 걸 깨닫고 오레이칼코스를 노려보았다.

상대는 틀림없이 용병왕급, 혹은 그 이상.

놈을 쓰러뜨리는 건 지금의 나로서는 무리일 수도 있다. 하지만 하지 않으면 안 된다. 불가능해 보이는 일 따위는 지금까지 몇 번이고 헤쳐 나왔다.

"레벨업."

레벨업 한다.

[템페스트 Lv. 13이 되었습니다.]

[템페스트 Lv. 14가 되었습니다.]

[템페스트 Lv. 15가 되었습니다. 6차 상위직 전직 자격을 얻었습니다. 지금 검성(Master Sword) 계열과 성마(Master Wizard) 계열 중 하나를 선택하시겠습니까?]

나는 고개를 저었다.

지금은 때가 아니다. 템페스트 Lv. 15가 되면 검성계열이나 대마도사가 될 수 있지만, 내가 노리는 것은 좀 더 큰 것이다.

그리고 지금은 회복용으로 경험치를 남겨 둘 때가 아니다. 아까 엔시스의 아크슈트를 쓰러뜨린 경험치까지 모조리 동원해서 레벨업을 해야 한다. 눈앞의 적은 대륙 최강급이기 때문이다.

어쩌면 전설의 고룡(Ancient Dragon)에 필적할지도 모른다.

나는 템페스트 레벨을 17까지 올린 후 상대를 똑바로 노려보았다. 이걸로 얼추 방어전까지는 가능할지도 모른다. 내 모습을 내려다보던 오레이칼코스가 팔짱을 끼며 말했다.

[마력 수치가 높아졌군요. 당신이 지닌 힘은 마법도, 초능력도 아닌 건가요. 그 실체를 지금부터 알아보도록 하죠.]

쿠구구구.

사방에 있던 금속 벽과 기물이 오레이칼코스의 의지에 따라 허공으로 떠올랐다. 심지어는 멀쩡한 벽이 뜯겨 나와서 칼이나 창 모양을 하기 시작했다. 아예 현실을 왜곡시키는 레벨의 초능력이다.

다음 순간, 오레이칼코스가 별안간 손을 펼쳤다.

[시간이여, 멈춰라(Time Stop).]

큭?!

나는 급격히 두통이 머리를 때리는 것을 깨달았다. 하지만 시간이 멈춰 버린 것은 정말인지, 나는 멈춰 버린 시간 속에서 미동도 하지 못했다. 그사이에 오레이칼코스는 내 몸 전체를 빙빙 둘러싸고 강철과 기물을 집중시켰다.

내 몸을 둘러싼 철이 동산만큼 커졌을 때야 오레이칼코스는 시간 정지를 풀었다. 나는 알면서도 피하지 못하고 고스란히 당해 버릴 수밖에 없었다.

"우오오오오오!!!"

나는 괴성을 지르면서 어마어마한 속도로 공격을 쳐 내었다. 일천 발의 석궁이 내게로 쏘아져도 다 쳐 낼 수 있을 정도의 속도였다. 그러나 이미 지근거리까지 접근한 공격들은 어찌할 방법이 없었다.

푸쿠쿡.

"컥!"

섬뜩한 느낌과 함께 길다란 기둥 하나가 옆구리를 꿰뚫었다. 전신이 아득해지는 느낌과 함께, 몸의 형체를 남겨두지 않으려는 듯 온갖 물건들이 날아들었다.

피하기에는 늦었다.

급히 포스필드를 여러 겹 펼쳐 내었지만 소용없는 짓이었다. 상대는 그야말로 이 배를 통째로 써서 공격하고 있는 것이다. 오천 번째의 공격을 막아 내는 순간 포스필드는 더 이상 견디지 못하고 뚫려 버렸다.

퍼버벙.

동시에 소나기처럼 쏟아지는 기물의 난사에 내 몸은 걸레짝처럼 변해 버리고 말았다. 역시 상대가 되지 않는지. 나는 변변한 반항도 못한 채 뒤로 떨어져 내렸다.

신기한 건 딱 하나 있다.

머리가 날아가고 형상이 거의 남지 않을 정도가 되었는데도, 지금도 내 생각은 멈추지 않는다. 생각은 뇌에서 하는 게 아닌 것이다.

땅에 떨어졌을 때 나직한 목소리가 들렸다.

[소유자 J. S는 '10번 임사체험'의 조건을 충족시켰습니다. 그러므로 지금부터 죽음의 신 타나토스(Thanatos)의 서포트를 개시합니다.]

그 목소리가 뭔지 확인하기도 전에, 내 몸은 눈 깜짝할 사이에 원래대로 회복되었다. 내 몸을 꿰뚫고 있던 강철 덩어리들은 이미 부서져 버렸다.

동시에 내 어깻죽지에서는 에너지로 뭉쳐진 날개가 떠올랐다. 나는 선명하게 느껴지는 거대한 날개의 느낌에 전율했다.

이건 뭐야?!

내가 머릿속으로 의문을 떠올릴 때, 그 목소리가 내 머릿속으로 직접 말을 걸어왔다.

[반갑습니다. 이번에 새로 인격이 형성된 레벨업 마스터입니다. 저를 부르실 때는 편하게 불러 주십시오.]

인격이 형성되었다니.

지금까지는 내 머릿속에서 말하거나 메시지를 띄우는 것은 감정이 없는 기계였다. 그랬는데, 내 머릿속에서 선명한 이미지를 띄우며 말하는 것은 틀림없이 인격체였다.

나는 놀라워서 중얼거렸다.

"레벨업 마스터? 그럼 네가 지금까지 나를 이끌어 온 목소리라는 말이냐."

[그렇습니다. 최초의 레벨업 각성 때부터 주인님과 함께했습니다. 이제야 제대로 된 인공지능을 가지고 뵙게 되었군요.]

"……!!"

놀라운 일이다. 처음 눈에 레벨이 보였을 때부터, 그저 초능력일 뿐이라고 생각했다. 하지만 이 녀석의 말대로면 실제로는 생각할 줄 아는 개별적인 인격인 것이다.

나는 알 수 없는 친근감이 느껴져서 빙긋 웃었다. 왠지 이 녀석과는 첫 대면이 아닌 것 같다. 그때 레벨업 마스터가 내게 경고를 해 왔다.

[조심하십시오!]

쿠콰쾅.

재차 염동력이 쏟아지며 오레이칼코스가 무차별적으로 폭격을 가했다. 나로서는 상상도 할 수 없는 힘이다. 이 공격의 궤도에 한 번이라도 말려들면 그대로 즉사해 버릴 것이다.

운석에 정통으로 맞는 것과 같은 파괴력이다.

내가 힘겹게 날개를 조정하면서 공격을 피하고 있을 때, 레벨업 마스터가 말했다.

[지금 J. S 당신의 몸을 움직이는 것은 명계의 사신 중에서도 최고위 사신인 타나토스의 날개입니다. 사신의 날개가 있는 이상 어떤 운명도 당신을 죽음으로 이끌 수가 없습니다!]

"그 말은…!!"

한순간에 안색이 환해졌다. 사신이 죽음을 맞이한다면 그건 이상한 일이다. 무로스 같은 하급 사신은 날개가 없었지만, 최상급 사신의 날개라면 [운명]을 조작할 수 있는 것이다.

나는 시험 삼아서 날개에 잔뜩 힘을 주면서 마력을 돋우었다. 그러자 눈앞에 파란색 메시지가 빠르게 떠올랐다.

타나토스의 날개의 유니크 스킬인 명왕부(冥王府) 발동. 운명 왜곡에 성공. 회피율을 99.99%로 고정합니다.

그와 동시에, 피할 수도 막을 수도 없이 날아오던 공격들이 허공에서 이유 없이 휘면서 나를 피해 갔다. 설령 내 몸에 맞는다고 해도 존재하지 않는 것처럼 투과해 버렸다.

이것이 타나토스의 날개. 절대회피다.

오레이칼코스는 정말로 놀랐는지 내 돌진을 경계하며 뒤로 텔레포트 해 버렸다. 나는 한순간이나마 상대를 움츠러들게 했다는 사실에 용기가 솟아올랐다.

나는 빠르게 주문을 영창하면서 이누타브 블레이드를 들고 돌진했다. 순식간에 헤이스트, 파워업, 블레이드 배리어 같은 보조 주문이 열 개나 중첩되면서 내 몸을 감쌌다. 이 정도면 저 압도적인 염력의 폭풍에도 쉽게 당하지 않는다.

쉬캉!

처음으로 내 공격이 적중한 것은 20초가 지나서였다. 텔레포트를 하며 피해 다니던 오레이칼코스는 패턴을 읽혀 버렸고, 나는 상대와 같이 블링크를 하면서 그대로 어깻죽지를 베어 버린 것이다.

아무리 실체가 없다고 해도 이누타브 블레이드에, 퀸틸리온의 힘까지 더해지자 고통을 느끼는 듯 오레이칼코스가 뒤로 물러났다.

레벨업 마스터가 말했다.

[오레이칼코스를 이루는 노심핵을 깨뜨리지 않는 한 아무리 큰 데미지를 줘도 소용없습니다. 노심핵은 이 함선 전체!]

"……."

나는 그만 할 말을 잊어버리고 말았다. 그 말은, 놈을 소멸시키려면 이 함선을 통째로 날려 버려야 한다는 뜻이다. 9클래스 운석소환 주문을 수천 번은 써야 될 일이라서 현실성이 없었다.

"어이, 레비. 그건 말도 안 된다고."

나는 녀석의 애칭을 레비로 정하기로 했다. 레비는 내 말에 긍정하는 듯하더니 연이어 말했다.

[하지만 퀸틸리온을 흡수한 지금이라면 다른 방법이

있습니다. 퀸틸리온 동력의 10%를 써서 오레이칼코스의 의식을 봉인하는 것입니다.]

"그게 가능해?"

[네. 의식은 제가 주도하겠습니다. 오레이칼코스를 20초만 붙잡아 주실 수 있으면 됩니다.]

"20초라."

나는 힐끔 저 밑에서 부유하며 올라오는 오레이칼코스를 내려다보았다. 타나토스의 날개가 있어도 이제야 비슷한 고지를 차지했을 뿐, 저런 괴물을 상대로 20초 동안 붙잡아 둬야 한다고?

정말이지 이 레벨업 능력을 얻고 나서는 고난의 연속뿐이다. 하지만 어쩔 수 없는 일이지. 나는 쓴웃음을 지으며 오레이칼코스를 공격해 갔다.

"대뢰신주, 라이트닝 프롬 더 헤븐!!"

빛의 화살이 천공에서 궤적을 그리면서 오레이칼코스에게 쏟아져 나갔다. 연구원 복장을 하고 있는 오레이칼코스는 근처의 바위에 서서 양쪽 주머니에 손을 꽂아 넣었다.

[오겠다고? 받아 주지.]

오레이칼코스는 주머니에서 손을 빼지도 않은 채 가만히 있었다. 하지만 8클래스 후반의 최강 주문, 라이트닝 프롬 더 헤븐은 그녀 주변에 떠오른 정체불명의 방어막에

맥없이 튕겨 나가 버리고 말았다.

저 정도 방어력이라면 9클래스의 그랜드 포스필드(Grand ForceField) 수준인데?! 내가 당황하고 있을 때 오레이칼코스가 한쪽 검지를 좌에서 우로 한 번 그었다.

[시공단(World Cutter).]

슈캉.

예고도 뭣도 없이 공간이 통째로 잘려 나가며 내가 있던 곳까지 일자로 절단당했다. 시공을 압축시켜서 잘라 버리는 초능력인 것 같았다. 다행히 레비의 조언 덕에 직전에 피할 수 있었지만 등골이 서늘해졌다.

내가 가까이 붙어서 이누타브 블레이드를 횡으로 휘두르며 방어벽을 깨려 하자, 오레이칼코스는 왼발을 한 번 굴렀다. 대지에서 용암이 분출하며 내 전신을 겁화로 태울 것처럼 쏟아졌다.

"크윽!"

초능력이란 게 고레벨이 되면 이렇게 말도 안 되는 위력이었다니! 괜히 마법사보다 강력하다는 게 아니었다. 나는 이를 악물면서 이누타브 블레이드를 겨누며 외쳤다.

"소울 인젝터(Soul Injector)!!"

진공이 빨려들면서 어마어마한 기세로 힘이 분출되었다. 이걸로 대해의 소용돌이마저 잠재워 버린 적 있다.

방어벽을 부술 수는 없어도 흠집 정도는 낼 수 있을 것이다!

꽈광.

내 생각대로 오레이칼코스의 방어막이 한 차례 흔들거리며 휘청였다. 나는 그 때를 놓치지 않고 고레벨 주문을 연사했다.

"헬 드라이브(Helll Drive)!! 디바인 스트라이크(Divine Strike)!! 데스 라이징(Death Rising)!!"

7클래스의 공격 주문이 세 번이나 연이어서 퍼부어졌다. 이 한 번으로 대부분의 마력이 소진된 것 같았다. 하지만 보람은 있었다.

콰칭.

오레이칼코스의 방어막이 깨졌다! 나는 상대가 텔레포트하지 못하게 몰아치면서 맹공을 가했다. 오레이칼코스는 계속 염동력을 내쏘았지만, 타나토스의 날개가 있는 이상 맞지 않는다.

이윽고 내 몸이 회전하면서 강렬한 검기를 분출했다. 푸른 빛의 기가 오레이칼코스의 가슴께를 절단했지만 아무렇지도 않다는 듯 즉석에서 회복했다. 마치 괴물들의 싸움이 된 것 같다.

오레이칼코스는 도리어 그 자리에서 내 검을 잡아채며 잔인한 미소를 띠었다.

[월광영(Universe Shadow).]

푸콰콰콱.

순간 내 오른쪽 시력이 나가 버린 느낌에 비틀거렸다. 잘 보니 오른쪽 얼굴 전체가 잘려 버렸다. 타나토스의 날개로도 회피할 수 없는 공격이라면, 실제로는 피할 방법조차 보이지 않는다는 뜻이다.

고통을 눌러 참고 계속 공격하려 했지만 전신에 힘이 들어가지 않았다. 마치 전신의 신경이 상대에게 제압당해 버린 것 같다.

이게 어떻게 된 거지?!

내가 급기야 무릎을 꿇었을 때 오레이칼코스가 여유만만하게 나를 내려다보며 말했다.

[기분이 어떤가요? 수십억 개의 나노머신이 몸을 지배하고 있으면 포만감이라도 느껴질 거 같네요.]

"나노…머신."

나는 이를 악물었다. 말 그대로 물체를 이루는 분자보다 더욱 작은 크기의 기계가 나노머신이다. 방금 녀석이 한 것은 그 나노머신을 내 몸으로 침투시키는 것이다.

당연한 말이지만 움직임이 광속이 아닌 한 이런 공격은 피할 방법이 없다. 고스란히 당해 버렸다는 느낌에 좌절감이 들었다.

오레이칼코스가 내 머리를 붙잡으며 이마를 맞댔다.

이렇게 가까이에서 보면 그저 아름다운 미녀로밖에 보이지 않는다. 하지만 그 실체는 거대한 함선 그 자체인 것이다.

[그 짧은 시간에 진화하며 강해진 당신의 정체는 정말 흥미로워요. 남은 이야기는 배양액 속에서 천천히 듣도록 하죠.]

"18."

[네?]

오레이칼코스가 나를 쳐다보았다. 나는 잠시 숨을 멈추었다가 입을 열었다. 시간은 정확하게 재었다. 게다가 거리도 이 정도로 가깝다.

"…20."

내 머릿속으로 레비가 외치는 소리가 환청처럼 들려왔다. 어마어마한 고통 때문에 정신이 없지만, 그 소리가 내 의식을 깨웠다.

[봉인(Seal)!!]

쩌저저정.

동시에 내 몸과 접촉해 있던 오레이칼코스의 전신이 번개라도 맞은 것처럼 부들거렸다. 그녀의 얼굴에는 당혹

함이 가득했다. 갑작스런 몸의 이상을 믿지 못하는 듯한 표정이었다.

레비가 퀸틸리온의 봉인을 시작했다.

[이, 이건?! 퀸틸리온의 힘이라니!!]

"……."

나는 점차 몸에 박혀 있는 나노머신이 체액을 통해 빠져나오는 것을 느꼈다. 오레이칼코스의 통제력이 약해지면서 몸이 자유로워지는 것이다. 나는 희미하게 웃으면서 말했다.

"끝까지 알아채지 못했군."

[다… 당신은… 아아악!!!]

오레이칼코스는 찢어지는 듯한 비명을 내질렀다. 퀸틸리온의 가공할 힘이 오레이칼코스의 의식체를 강제로 봉인하는 중이다. 당연히 반발이 생길 수밖에 없다.

[퀸틸리온을 흡수했어!! 어떻게?! 그런 건 인간도, 어떤 종족도 불가능한데!! 신(神)이라고 하는 개체라도 불가능한 일인데…!!]

오레이칼코스의 말에는 진짜 공포와 의구심이 섞여 있었다. 이런 반응을 보는 건 역사상 내가 처음일 것이다.

"나도 몰라."

나는 가볍게 대답하고는 피로 물들어 있는 몸을 바위

에 기댔다. 훅스 씨의 담배가 있으면 한 대 피고 싶을 정도로 몸이 피곤에 쩔어 있었다.

"그러니까, 그냥 얌전히 잠들어라."

[안 돼!!!!!]

오레이칼코스가 비명을 질렀지만 나는 무시하고 눈을 감았다. 너무 피곤해서 한숨 자고 싶다. 꿈을 꾸고, 다음에 깨었을 때는 싸움 같은 게 없는 곳에서 살고 싶다.

그게 이뤄질 리 없는 꿈이긴 하지만 그래도 한 번 바라본다. 모험도 좋지만 이젠 슬슬 지쳐 가는 느낌이 들고 있다.

파앗.

잠시 후 오레이칼코스의 모습이 완전히 눈앞에서 사라졌다. 나는 봉인이 끝난 것을 확인한 후에 터벅터벅 걸음을 옮겼다.

"이제 하나가 끝났나… 귀찮게."

어?

방금 내가 무슨 말을 한 거지?

나는 걸어가다가 그대로 엎어지며 잠들어 버리고 말았다. 정말 피곤하다.

내가 잠든 사이에 몸은 깔끔하게 회복되어 있었다. 마치 내게 동화된 퀸틸리온은 목숨을 무한정 연명하게 해 주는 것 같았다. 말 그대로 불사신이 되어 버린 셈이다.

퀸틸리온의 에너지가 반쯤 무한에 가깝다는 걸 생각하면 떨어질 걱정도 없다. 졸지에 불로불사를 달성해 버리니 허무함이 앞섰다.

이런 식으로 인간을 초월해 버리다니.

"뭐 상관없지. 할 일이나 하자."

아무려면 어때.

하도 많은 일을 겪다 보니 점점 감정이 무뎌지고 있다. 이건 몇 날 며칠을 생각해야 하는 무거운 주제지만, 지금은 아무래도 어떻냐는 생각이 들었다.

해야 할 일을 한다.

그러면 시간이 잘 간다. 지금의 내게는 그 사실 하나만으로도 족했다. 다행히도 레비가 얘기 상대가 되어 주어서 심심하지는 않았다.

레비가 말했다.

[이제 원래 세계로 돌아가야겠군요. 제가 생각해 본 방법은 두 가지가 있습니다.]

"말해 봐."

[첫 번째는 퀸틸리온의 힘을 빌려서 강제로 시공 차원을 도약해 버리는 방법입니다. 이 방법을 쓰면 100% 이동할 수 있는 대신, 이동하는 도중에 J. S 님의 몸

이 변화해 버릴 우려가 있습니다.]

"내 몸이 변한다고?"

이건 또 무슨 말인가. 차원을 이동하면서 몸이 변한다는 말은 마법 지식에도, 퀸틸리온으로 얻은 지식에도 나와 있지 않았다. 레비는 짐짓 쑥스러워하면서 말했다.

[예측일 뿐입니다만, 퀸틸리온을 얻은 당신의 육체는 이미 인간과는 다릅니다. 보통 인간은 차원 이동을 할 때마다 3년씩 수명이 줄어들지만 그런 부작용은 없겠지요. 대신에 그 어마어마한 에너지를 안고 시공을 통과하면, 그 힘을 이기지 못하고 시공간이 늘어져 버립니다. 그 때문에 몸이 갑자기 괴물이나 악마처럼 변해 버려도 이상하지 않습니다.]

"말이 안 되잖아. 내가 괴물이나 악마가 될 이유가 어딨어?"

[적게는 몇 초에서 많게는 수십만 년의 시간을 이동하기 때문입니다. 어쩌면 시간의 반동 때문에 몸이 제멋대로 진화해 버릴 수도 있습니다.]

나는 손을 절레절레 내저었다.

"알겠어. 뭐, 아무튼 안 된다는 말이군. 두 번째 방법을 말해 줘."

레비는 조심조심 이야기하는 10대 중반의 소년이라는

느낌이었다. 갓 인격을 얻어서 그런지는 몰라도, 나를 최대한 공경하고 예우하려는 게 느껴졌다. 레비는 잠시 생각하더니 말했다.

[왔던 길로 되돌아가는 것입니다. 처음에 도착했던 장소는 시공간이 불안정할 테니, 그곳에서 워프를 하면 돌아갈 수 있겠지요. 성공 확률은 50%입니다.]

왔던 곳이라면 메인터넌스 룸이다.

"반반이군."

[네. 이 경우에는 차원을 정확히 찾을 수 있지만, 시공간이 틀려져 버립니다. 이곳에서 보낸 시간은 고작해야 이틀에 지나지 않지만 돌아가면 3년이 지났을지도 모릅니다.]

"……"

나는 잠시 침묵했다. 상당히 골치 아픈 문제다. 보통이라면 그러거나 말거나 돌아갈 것이다. 하지만 내가 떠나기 직전까지만 해도 사방신의 세력이 부활하려고 하고 있었다.

만일 몇 년이 지나서 돌아가면 세계에 전쟁이 일어나서 악인들이 창궐하고 있을지도 모르는 일이다. 가급적이면 왔을 때와 시간을 맞춰서 돌아가고 싶다.

이제야 모험의 목적이 정해졌다.

처음에는 내 레벨이 오르면 신도 이길 수 있을 거라고

생각했지만, 생각이 바뀌었다. 사방신이 부활하면 인간의 힘으로는 절대 막을 수가 없다. 설령 내 레벨이 100이라고 해도 그 사실은 변하지 않는다.

이제 내 목적은 사방신이 부활하기 전에 없애 버리는 것이다. 가능할지 어떨지는 모르겠지만, 안 하는 것보다는 낫겠지.

나는 입을 열었다.

"퀸틸리온의 힘으로 돌아가겠어."

[진심이십니까?]

고개를 끄덕였다. 지금 시간을 낭비할 여유가 어디에도 없다. 몸의 형태가 달라진다고 해도, 어차피 폴리모프 마법을 쓰면 해결될 문제다. 쉬운 방법을 두고 돌아갈 필요가 없다.

"그렇다 해도 이동은 왔던 곳에서 하는 게 좋겠지?"

[그렇습니다.]

"지금 가자. 더 이상 이 세계에 있기 싫군."

나는 솔직한 심정을 말했다. 영문 모르고 끌려와서 몇 번이나 죽을 고비를 넘겼는지 모르겠다. 기적적으로 오레이칼코스를 봉인했지만 그리 속이 시원하지도 않았다.

과정이야 어찌 되었든 녀석도 냉동인간들을 살리려고 최선을 다한 것뿐이다. 나는 그런 생각을 하다가 문득 멈춰 섰다.

[왜 그러십니까?]

"있잖아."

나는 조심스럽게 입을 열었다.

"내게 남아 있는 퀸틸리온의 힘을… 이 함선 전체에 공급해 줄 수는 없을까?"

[가능합니다. 퀸틸리온의 경험치를 넘겨 주는 식이라면 옮겨집니다. 그걸 원하십니까?]

레비의 대답은 곧장 나왔다. 나는 고민할 것도 없이 바로 고개를 끄덕였다.

이게 최선이다.

오레이칼코스의 말대로라면 이대로는 태양에 부딪혀서 모두 불타 죽는다. 만일 내가 최소한의 동력을 전해 준다면, 오레이칼코스가 봉인에서 깨어났을 때는 그 동력을 이용해서 위기를 벗어날 수 있을 것이다.

레비가 내 걱정스러운 낌새를 눈치챘는지 말했다.

[오레이칼코스의 봉인은 길어도 일주일이면 풀립니다. 걱정하지 않으셔도 이 세계의 일은 잘 풀릴 것 같습니다.]

"뭐, 마음은 결정했어."

[레벨업 시스템에 따라 J. S의 소유물인 퀸틸리온에서 나인 트릴리온(9,000,000,000,000,000)

의 경험치를 이동시킵니다. 이로써 퀸틸리온의 총출력은 88.67%가 남았습니다.]

"……."

레비의 기계적인 음성을 듣고는 순간 맥이 빠져 버렸다. 뭐, 뭐야?! 그거 0이 몇 개야?! 지금까지 내가 모아왔던 경험치도 제법 단위가 크다고 생각했는데 이건 정말로 상상 초월이다.

내가 턱을 벌리고 놀라고 있자 레비가 왜 그러냐는 듯 말했다.

[퀸틸리온의 경험치는 단순히 환산하면 레벨업 시스템 기준으로 0이 18개 붙게 됩니다. 거기에서 퀸틸리온의 레벨 보정까지 합치게 되면 0이 25개 정도로 늘어납니다. 이 정도는 매우 약과라고 보실 수 있겠습니다.]

"그, 그래."

나는 겨우 정신을 차렸다. 하긴 레벨 인피니티라고 했을 때부터 알아봤어야 했다. 나와 흡수된 퀸틸리온이란 물건은 정말로 세계를 멸망시킬 수도 있는 것이다. 무엇보다 전체 힘의 10%도 주지 않았는데 이 거대한 세계를 순환시킬 수 있다는 게 엄청난 일이다.

그러자 레비가 실실 웃으며 말했다.

[퀸틸리온은 대단한 힘입니다. 하지만 사실 저랑 볼

랙북이 더 대단해요. 그건 앞으로 느끼시게 될 겁니다.]

"응? 무슨 말이냐."

[개그 소질만큼은 천부적이니까요!]

"…어, 그래."

너도 그쪽 계열이냐?

어째 이야기가 삐끗거리는 듯한 느낌에 말문을 닫아 버리고 말았다. 그리고 머릿속이 지끈거리면서 불길해져 왔다. 이런 느낌 낯설지 않다.

내 주변에는 성격 이상한 놈들만 모여든다고 하는 징 크스 아닌 징크스가 느껴졌다. 이건 레벨업을 해도 없어질 것 같지가 않다.

곧 걸어서 메인터넌스 룸까지 도착했다. 왔을 때와 같은 적막함이 사방을 감싸고 있었다. 이제 돌아간다고 생각하니 감격스러웠다.

결과적으로는 잘되었다.

블랙북의 말대로 고생은 했지만 분명히 강해지긴 했다. 불로불사가 되었으니 이제 웬만한 공격은 걱정하지 않아도 될 것이다. 거기에다가 퀸틸리온이 있으면 나중에 어떻게 써먹을 수 있을지 모른다.

"돌아간다."

그렇다고 블랙북을 용서할 수 있는 건 아니지만.

[네. 지금 준비하겠습니다.]

내가 이 세계에서 밝혀 내지 못한 것은 하나뿐이다. 그 하나의 의문을 도저히 알 수가 없다.

'왜?'

동방신 이누타브는 왜 이 세계로의 입구를 통제하고 있었던 것인가? 퀸틸리온이라는 미지의 힘이 잠들어 있기는 했지만, 가만히 놔두면 그리 해가 될 일도 아니다.

오히려 가만히 놔두면 제어불능으로 태양에 부딪혀 파멸해 버릴 이 세계를 그렇게 신경 쓴 이유는 무엇인가? 동방신 이누타브의 의도가 읽히지 않았다.

내가 생각에 잠겨 있는 동안 레비의 말이 귀에 들려왔다. 녀석은 나름대로 걱정을 하고 있는 모양이었다.

[어떻게 변하더라도 본질은 달라지지 않습니다. 고블린이나 오크가 되어도 주인님을 버리지 않겠습니다.]

"아, 그래."

[좋게 생각하시죠. 드래곤이나 천사가 되면 남는 장사가 아닐까요? 전생 경험치를 따로 안 들여도 되니까.]

"…너, 어떻게든 나를 변화시키고 싶어서 작정을 했구나."

[아하하하. 농담입니다, 농담.]

전혀 농담으로 들리지 않는다고!

아무튼 자신의 개그라이벌로 블랙북을 꼽을 때부터 알아봐야 했다. 농담을 농담처럼 해야 사람이 웃을 수 있다는 것도 모르는 거냐, 이 자식들은! 내가 속으로 푸념하는 동안에 푸른색 메시지가 눈앞에 떠올랐다.

[퀸틸리온의 경험치를 소비해서 차원을 이동합니다.]
[세이브 포인트는 권장 사냥 레벨 29의 '이누타브의 샘물 동쪽' 입니다. 이동하시겠습니까?]

동쪽은 이누타브의 샘물 중에서도 권장 사냥 레벨이 높은 편이었군. 하긴 그렇게 무시무시한 놈들이 나오는 실정이니.

"이동."

[시간 보정치는 +- 29.4개월. 사용자 요청에 따라서 보정치를 줄이도록 합니다. 최대 3개월의 차이가 있음을 유념해 주십시오.]

3개월 정도면 양호한 편이다. 그런데 플러스뿐만 아니라 마이너스도 있다는 건, 과거로도 갈 수 있다는 뜻인 걸까?

파앗!

다음 순간 빛이 터져 나오면서 시야가 멀어 버렸다.

'젠장, 예고라도 해 주지!'

전신이 기묘한 압력에 꼬부라지는 듯한 느낌과 함께, 내 몸이 허공에 붕 뜬 것 같았다. 이런 느낌은 처음이 아니었다. 분명히 처음에 이 세계로 왔을 때도 같은 압력이 느껴졌다.

잠시 전신의 혈액이 역류하는 기분을 꾹 눌러 참고는 힘을 모아서 눈을 떴다. 압력이 점차 사라지는 것을 보면 차원 이동이 다 끝난 모양이다.

눈을 뜨고 나서 제일 처음으로 보인 것은 긴 흑발을 늘어뜨리고 있는 미소녀의 얼굴이었다. 눈을 말똥말똥하게 뜨고 나를 내려다보는 얼굴이 그렇게 순진무구할 수가 없었다.

"……."

"……."

나는 혹시나 하는 마음에 말했다.

"너, 므나쎄?"

"맞는데. 기억상실은 아니구나, 인간."

예상대로 나를 바라보고 있는 것은 훅스 씨와 레드, 셋이서 같이 쓰러뜨린 적이 있는 블랙드래곤 므나쎄였다. 므나쎄는 차가운 뱀 같은 눈동자로 나를 바라보고 있었다.

전보다 약간 몸집이 커진 것 같다. 전에는 십 대 초반의 어린아이였다면, 지금은 십 대 중반의 어린 소녀라는 느낌이다. 폴리모프하는 취향이 바뀐 것이다.

나는 머리를 긁으며 말했다.

"훅스 씨랑 레드는 어디 갔어? 왜 너만 떡하니 기다리고 있는지 설명이나 좀 해 줘."

"겁대가리를 상실한 인간이군."

므나쎄가 어이없는 듯 헛웃음을 터뜨렸다.

"너희 셋이서 간신히 나를 상대했었는데, 지금 너 혼자서 나를 이길 수 있다고 생각하느냐?"

그 말은 맞다. 대륙 최강클래스의 검사라고 할 수 있는 훅스 씨가 없었다면 애시당초 성립할 수 없었던 싸움이었다. 내 레벨이 그때보다 오르긴 했지만 역시 드래곤과 1대1로 싸우기는 꺼려진다.

하지만 나는 주변을 둘러보며 심드렁하게 말했다.

"죽일 거면 벌써 죽였겠지. 너도 나한테 뭔가 볼일이 있으니까 아직 공격하지 않는 거잖아. 서로 정보를 나눌 게 있으면 공평하게 나누자고."

"흠. 어린 인간이 머리가 좋아졌구나."

므나쎄는 짐짓 감탄한 듯 팔짱을 꼈다. 원래는 블랙 드래곤의 위엄이 느껴져야 하는 대목이지만, 지금은 그저 귀엽다고밖에 느껴지지 않았다. 적어도 지금의 나라면 므나쎄를 상대로도 어느 정도 해볼 만한 것이다.

슈웅.

므나쎄는 의자와 탁상을 소환 마법으로 부르더니 대뜸 의자에 앉았다. 그러고는 턱을 괴고는 나를 손짓하며 불렀다.

"와서 앉아라. 이야기나 좀 하자꾸나."

소환 마법은 엄청 어려운 건데 무영창으로 해내다니 역시 마법 생물이다. 지금의 나도 저렇게까지는 할 수 없다.

"난 서서 해도 상관없는데."

"그러면 그러던지."

달각….

므나쎄는 검은 머리를 흩날리며 홍차를 찻잔에 따라서 우아하게 마시기 시작했다. 나름대로 기품이 넘치는 모습이었다. 하지만 나는 드래곤의 취미 생활에 어울려 줄 생각이 없었으므로 바로 본론을 꺼냈다.

"훅스 씨와 레드는 어디 갔지?"

"네놈이 사라진 지 얼마나 지났다고 생각하느냐. 그들은 벌써 던전을 나가 버린 지 오래다. 나는 강렬한 마력이 느껴져서 이곳으로 와 봤을 뿐이다."

나는 불길함을 느꼈다.

"…얼마나 지났는데."

"63일. 어디 다른 차원이라도 가 버렸던 모양이군."

"틀린 말은 아니지."

확실히 거기는 다른 차원이었으니까. 나는 예상보다는 많은 시간이 지났다는 사실에 머리를 긁을 수밖에 없었다. 두 달이라면 길다면 길고, 짧다면 짧은 시간이다.

홍차를 마시며 눈치를 보던 므나쎄가 입을 열었다.

"이번엔 내가 묻지, 인간. 네가 저 기괴한 마법진을 통해서 갔던 세계는 대체 어디인가?"

"음. 뭐라고 할까."

나는 므나쎄의 질문을 받자 대답할 말이 궁색해졌다. 나야 퀸틸리온을 통해서 기계문명이나 컴퓨터, 초능력이 뭔지 알고 있지만— 드래곤한테 그걸 어떻게 설명해 준단 말인가.

나는 대신에 다른 설명을 하면서 얼버무렸다.

"천사나 악마도 드나들 수 있는 세계였어. 황폐해져 있었지만 나름대로 주민도 있었고, 정령계나 마계 같은 곳은 아니던데."

"좀 더 자세히 얘기해 다오."

"질문 하나에 대답 하나. 그렇게 얘기하고 있는 거 아니었나?"

내가 빈정거리자 므나쎄는 잠시 노기를 눌러 참았다. 말키스 급 드래곤쯤 되면 살기를 일으키는 순간 보통 인간은 기절해 버리고 만다. 하지만 내게는 말 그대로 노한 기색 이상도 이하도 아니었다.

므나쎄가 다시 팔짱을 꼈다.

"질문해 봐라."

누가 오만한 드래곤 아니랄까 봐 태도 하고는.

"지상에서 일어난 큰일을 아는 대로 이야기해 줘. 그러면 나도 내가 보았던 걸 말해 주지."

"그리 큰일은 없었다만…."

그렇게 말하면서 므나쎄는 다시 우아하게 홍차를 들었다. 저놈의 홍차는 뭐가 그리 맛이 좋은지, 벌써 3잔째였다.

"요즘 큰일이라고 한다면 그것뿐이지. 네가 살고 있던 폴커 왕국과 하라바인 제국 사이에 전쟁이 일어났다. 전쟁이 시작된 지는 정확히 지금이 한 달째일걸."

"전쟁!"

나는 그 단어에 인상이 구겨졌다.

설마 내가 이계에 갔다 온 사이에 서방에서 전쟁이 일어나다니! 예상하지도 못했던 일이다. 늘 앙숙처럼 으르렁거리는 사이긴 했지만 근 십 년간 평화로웠기 때문이다.

전쟁이 일어났다면 혹스 씨도, 블라스팅도 무관한 입장이 아니다. 둘 다 나라의 녹을 먹고 있던 귀족이기 때문이다. 혹스 씨는 은퇴했지만 전쟁이라면 발을 벗고 나설지도 모른다.

거기에다, 나는 뿔뿔이 흩어진 카르르기와 키타론 녀석들도 찾아야 한다. 잠깐 다른 세계에 갔다 온 사이에 할 일이 많아졌다는 생각이 들었다. 내 표정을 읽었는지 므나쎄가 쿡쿡 웃었다.

"후후후. 조급해 보이는구나, 인간."

"니가 상관할 바 아니잖아? 어서 질문이나 해."

마음 같아서는 당장 뛰쳐나가고 싶지만, 질문 하나에 대답 하나라고 말한 것은 바로 나다. 그래서 대충 므나쎄의 질문에 대답해 줄 생각을 했다.

이계가 어떻게 생겼냐고 하면 어떻게 말하지? 강철 벽으로 꽉꽉 들어찬 밀실이었다고 할 수도 없는 노릇인데. 나름대로 대답을 걱정하기 시작하니 끝이 없었다.

므나쎄의 질문은 내 예상과 달랐다.

"인간. 너는 동방신 이누타브가 어디 있는지 알고 있는가?"

"뭐?"

나는 그만 반문해 버리고 말았다. 그 질문은 간단했지만 상당히 함축적인 뜻을 담고 있었다. 나는 별 생각 없이 그 질문에 대답했다.

"이 동굴 중앙에 있는 이누타브의 샘물에 봉인되어 있잖아. 너도 알고 있는 질문인데 왜 하는 거냐."

블라스팅은 물론 이누타브의 신관이라면 누구라도 알고 있는 사실이다. 므나쎄는 내 말에 신경 쓰지 않고 생뚱맞은 말을 했다.

"내가 이곳에 들어온 지 벌써 백오십여 년이 넘었다. 그 사실을 알고 있느냐?"

"오래됐군."

제법 오래되었다. 인간이라면 고조할아버지 때부터 갓난아기까지 내려올 정도다. 뭔가 므나쎄가 말하고 싶어 하는 것 같아서 얌전히 듣기로 했다.

"하지만 백오십 년 동안 아무리 관찰해도, 나를 굴복시켰던 이누타브의 기척이 중앙 샘물에서 느껴지지 않았다. 혹시나 해서 마법을 퍼부어 봤지만, 그래도 이누타브가 분노해서 뛰쳐나오지는 않더군."

"……"

간이 단단히 부었다. 정말로 이누타브가 뛰쳐나왔다면 아무리 말키스 급 드래곤이라도 살아남기를 포기했어야 할 것이다.

"그리고 이누타브의 사자인 네가 찾아왔을 때 확신했다. 동방신 이누타브는 이 동굴에 존재하지 않는다!"

그 말에는 흔들리지 않는 신념이 담겨 있었다. 드래곤이 저렇게 단정적으로 말하는 건 처음 봤다. 나는 므나쎄의 말에 큰 호기심을 느꼈다.

블라스팅을 포함한 노움들은 유사 이래 이곳이 이누타브의 봉인지라고 믿으며 신관 생활을 했다. 하지만 이곳이 봉인지가 아니라면, 그들은 헛다리만 짚고 있는 것이다.

"왜 그렇게 생각하지?"

"이누타브의 사자인 네가 왔는데도 부활하지 않았으니까! 어리석은 블라스팅은 특별한 의식이라도 있는 줄 알고 너를 막아섰지만, 사실은 이누타브의 사자가 샘물 앞에 오는 순간 부활하게 되어 있다."

"뭐… 그게 사실이냐."

나는 자신만만한 므나쎄의 말에 살짝 놀랐다. 잠시 마음을 읽어 봤지만 거짓말을 하는 기색은 전혀 없었다. 므나쎄가 홍차를 한 입 들이켰다.

"이누타브 본인이 나를 가디언으로 세우는 대신에 해줬던 말이다. 틀릴 리가 없지."

"……."

나는 혼란스러워졌다.

그 말대로라면 레벨업 능력을 얻자마자 들었던 '이누타브의 샘물 동쪽으로 오라'는 목소리는 동방신 이누타브가 아닌 것이다!

 그러면 도대체 누가, 무엇 때문에 나를 이곳으로 불렀단 말인가? 설마 므나쎄일 리는 없었다. 머릿속이 혼잡한 가운데 므나쎄가 천천히 자리에서 일어섰다.

"그럼 네 할 일을 하러 가라, 인간. 나는 더 이상 너와 어울려 줄 시간이 없다."

"내가 할 소릴 니가 하고 있냐."

 나는 황당해서 중얼거렸지만 고마운 노릇이다. 만일 녀석이 나를 붙잡아 두려 했다면 일이 귀찮아질 뻔했다. 므나쎄는 훗 하고 웃으며 말했다.

"너는 뭔가 이상한 놈이구나. 인간이지만 인간이 아닌 것 같다… 생각하는 건 도리어 우리와 비슷하다."

 나는 대수롭지 않게 말을 받았다.

"이런 인간도 있고 저런 인간도 있는 법이지."

"글쎄? 네 정신력은 이미 그런 범주는 넘었다고 생각하는데."

 미묘하게 말을 마친 므나쎄는 제멋대로 말을 남긴 채, 순간 이동으로 사라져 버렸다. 끝까지 불친절한 태도였다.

"즐겁게 지켜보겠다, 아하하."

"……."

 쳇, 뭐야. 다들 제멋대로 말하고 사라져 버리니.

나는 속으로 잠시 궁얼했으나 곧 망설임 없이 순간이동 주문을 외웠다. 이제 이 동굴에 볼일이 없다. 바로 동굴을 나가서 폴커 왕국으로 가야 한다.

동굴 바깥의 좌표는 없지만, 대천문으로 가면 이 세상 어디로든 이동할 수 있다. 내가 짧게 주문을 마감하는 순간 내 몸이 순간 이동 했다.

슈웃!

"대천문."

나는 다시 보게 되는 대천문을 감개무량하게 살펴보았다. 여전히 커다란 마법진을 둘러싸고 여러 개의 소마법진이 있다. 대천문은 이미 봉인이 풀린 상태라, 9클래스급의 마력만 넣어 주면 바로 가동된다.

아직 9클래스의 마법을 알지는 못하지만, 템페스트 레벨이 17이나 되는지라 마력만큼은 9클래스 초반과 같은 상태다. 내가 대천문의 마법진에 손을 갖다 대자 점차 마법진이 빛을 내뿜기 시작했다.

부우우웅.

마력을 불어넣자 엄청나게 빠른 속도로 소마법진이 활성화되었다. 여섯 번째 소마법진까지 마력이 충전되는 데는 채 1분도 걸리지 않았다. 예전에 카르르기 일행과 같이 있을 때와는 대조적이었다.

'엄청 빠르잖아!'

내 마력이 얼마나 높아졌는지 실감할 수 있다. 지금이라면 예전에 어렵게 상대했던 풍왕이나 디건조차도 쉽게 쓰러뜨릴 수 있을 것만 같다.

잡생각을 하는 동안에도 내 마력은 끊임없이 마법진으로 흘러들어 갔고, 곧 소마법진이 모두 빛나면서 대마법진이 구동했다.

레비가 기계적으로 말했다.

[대천문 발동 조건이 충족되었습니다. 마력이 모두 충전되었습니다. 이동할 수 있는 장소는 총 15곳입니다. 명단을 보시겠습니까?]

굳이 명단을 볼 필요는 없다. 지금 상황에서 갈 곳은 한 군데뿐이기 때문이다. 나는 망설이지 않고 레비에게 말했다.

"필리아딘 지하의 대천문으로 간다."

왕도(王都) 필리아딘. 폴커 왕국의 수도.

그 지하에 대천문이 있다는 건 들은 적이 없지만, 명단 첫 번째에 올라 있던 걸 기억하고 있다. 한순간에 왕도까지 갈 수 있다면 두 달의 시간쯤은 쉽게 만회할 수 있을 것이다.

내 말에 레비가 수긍하며 말했다.

[그렇군요. 하지만 필리아딘의 지하는 지금 마물들로 가득 차 있는 것 같습니다. 그래도 가시겠습니까?]

"뭐, 마물이라고?"

마물이라고 하면 보통은 하라바인 제국에서 양성하는 몬스터(Monster)를 말하는 것이다. 그런데 그런 것들이 수도 필리아딘의 지하에 왜 있단 말인가. 레비가 담담하게 상황을 설명했다.

[Lv. 15 이하의 저급 마물이 500여 마리. 그리고 Lv. 25까지의 중급 마물이 40여 마리가 있습니다. Lv. 30 이상의 마물은 세 마리가 있는데, 이들의 대장으로 보입니다.]

"오백 마리나 된다고?"

나는 일이 이상하게 돌아간다는 걸 깨달았다. 레벨 15 이하라지만, 보통 레벨 15쯤 되면 한 도시에서 알아주는 실력자다. 실력으로 따지면 정규 기사쯤 된다.

정규 기사라고 하면 일반 보병은 스무 명도 넘게 상대할 수 있는 존재다. 그런 정규 기사보다 강한 놈들이 40마리나 된다는 건, 틀림없이 키메라(Chimera)나 와이번(Wyvern) 같은 괴물들이 있다는 뜻이다.

거기에 레벨 30이 넘는 놈들이 있다니!

그 말은 최소한 그랑시엘과 상대해서 이길 수 있는 강자들이 있다는 뜻이다. 그런 놈들이 수도 왕궁을 습격하면 배겨나지 못할 게 뻔하다.

나는 조용히 물었다.

"레비. 이건 분기가 시작된 거냐?"

[네. 분기 '왕궁 지하의 결전'이 시작되었습니다. 클리어 시 경험치 2,500,000이 제공되고, 유니크 스킬을 하나 제공받습니다.]

어쩐지.

흘러가는 흐름이 내가 생각하던 것과 같았다. 이렇게 큰 상황이 생기면 억지로라도 분기를 만들어서 내게 경험치를 몰아 주려는 것 같았다. 아마 이게 예정된 이벤트 같은 건 아닐 것이다.

"궁금한 게 있는데, 이 분기란 건 누가 만든 거냐."

[저도 모릅니다.]

간결하게 대답한 레비는 으쓱하며 미안해했다.

[저도 그냥 상황에 따라 분기를 검색해서 나눠 드릴 뿐, 이걸 누가 만들었는지는 모르겠네요. 아마 저를 창조한 사람이 아닐까요, 주인님.]

"…그럴지도."

나는 왠지 블랙북이 말했던 안셀무스(Anselm)란 사람이 머릿속에 떠올랐다. 블랙북의 말에 따르면 안셀무스가 모든 스킬을 창조했다. 더불어 내내 신경 쓰이는 [신의 존재증명]도.

만일 안셀무스가 레벨업 시스템을 만들었다면.

'충분히 있을 수 있는 일이다.'

모든 스킬을 창조했다면 레벨업 시스템을 만드는 것쯤은 식은죽 먹기였을 것이다. 나는 앞으로 여행을 하면서 안셀무스에 대해서 알아보기로 하며 마음을 결정했다.

"아무튼 필리아딘 지하로 간다."

제4장

전쟁

[괜찮으신가요?]

나는 퉁명스럽게 대답했다.

"아무렴 어때. 그런 놈들은 쓸어버리면 그만이야."

[자신만만하시네요.]

레비가 질린 듯이 말했지만 나는 그저 재밌어서 킬킬 거렸다. 왠지 놀리는 재미가 있는 녀석이다.

"쫄아서 좋을 거 있냐?"

[좋습니다. 대천문 발동(Warp Gate On)!!]

후오오오.

여섯 개의 소마법진에서 생겨난 마력의 흐름이 중앙의 대마법진으로 급격히 모여들었다. 실개천이 흘러서 강이 되는 모습이다. 여섯 개의 마력이 증폭되어서 시공간을 접어 버리는 원리다.

이윽고 상아빛의 폭류가 대마법진 중앙에서 터져 나오는 순간, 나는 강하게 몸을 긴장시켰다. 아마도 대천문으로 이동이 끝나는 순간 전투가 시작될 것이 뻔하기 때문이다.

상아빛 기류가 내 전신을 감싸는 순간 내 눈앞으로 환영이 강하게 스쳐 지나갔다.

[계획은 절반쯤 성공했군요.]
[이제 얼마 남지 않았습니다.]
[끝까지 힘내시길….]

뭐지?

누군가가 내게 용기를 북돋아 주는 말을 하고 지나갔다. 워낙 짧은 순간이라서 환영이라고 생각했지만, 곧 아차하고 말았다.

이 목소리야말로 나를 이누타브 샘물 동쪽으로 이끈 것이다! 나는 급히 눈을 깜박이며 환영을 쫓았지만 이미 사라지고 없었다.

"잠깐!"

파아아앗.

내 바람과 상관없이 대천문의 이동은 순식간에 끝났다. 내 몸은 어느새 필리아딘 지하의 어두운 마법진 위에 서 있었다. 내가 빠르게 주변을 둘러보자, 과연 레비의 말대로 마물 떼거지가 진을 치고 있었다.

이거이거, 바로 전투 시작인 거냐.

피곤하니까 좀 봐 달라고.

1초도 안 되어서 상황을 파악한 나는 달인급 속도로 이누타브 블레이드를 빼어내며 전투 준비를 마쳤다. 아직까지 마물들은 무슨 일이 일어났는지 모르는 듯 그저 눈만 끔벅거리고 있었다.

고오오오오.

화염의 마법검이 인챈트 됨과 동시에 내 몸이 빠르게 전방으로 쇄도했다. 불운하게도 첫 희생자가 된 것은 몸집이 4미터는 되어 보이는 트윈헤드 오우거였다.

부웅.

그 괴력이 보통 오우거의 세 배나 된다는 트윈헤드 오우거는 느릿하게 나를 향해 거대한 쇠도리깨를 휘둘렀다. 용케 내 속도에 반응한 것을 보면 이놈의 실력도 보통은 아니다.

하지만 지금의 내 앞에서는 너무나 느리다!! 거의 슬로모션이나 다름없을 정도로 선명하게 공격이 보였다. 나는 이누타브 블레이드를 회전시키며 허공에서 두 바퀴를 휘둘렀다.

스카카칵.

트윈헤드 오우거의 몸통에 마치 뱀처럼 생긴 혈선이 길게 그어졌다. 트윈헤드 오우거는 자기 몸에 무슨 일이 일어났는지 영문을 모르는 표정이었다.

[쿠어!]

내가 다음 희생양을 찾아서 제자리에서 뛰는 순간, 놈의 몸이 세 등분으로 갈라지면서 핏줄기를 내뿜었다. 푸확 하고 터져 나가는 녹색 체액이 현실감이 없었다.

서컹!

서컹!

나는 고작해야 아홉 걸음을 뛰면서 하급 마물 열두 마리를 스치고 지나갔다. 내가 이동하는 궤적에 있던 놈들은 저마다 무기를 휘둘렀지만, 워낙 느려서 내 몸을 스치지도 못했다.

내가 마지막 열 걸음째를 내딛는 순간, 나는 이누타브 블레이드를 적룡의 검갑에 슬며시 집어넣었다. 그러고는 나직이 중얼거렸다.

"진·팔연참(Chain Strike)!"

템페스트 레벨이 16을 넘으면서 얻게 된 검법오의다. 이걸 사용하면 한 번에 여덟 번이나 되는 검격을 가할 수가 있다.

푸콱!

[쿠에에엑!!]

동시에 사방에서 몬스터들의 비명 소리와 함께 녹색 체액이 비산했다. 일련의 과정은 내가 나타나고서 10초도 되지 않아서 벌어진 일이라, 아직도 상황을 파악하지 못하는 놈들이 많았다.

[크켁!!]

그 틈을 타서 한 놈이라도 더 해치울 작정으로 검을 휘두르자 수수깡처럼 오크나 고블린이 베여 나갔다. 나는 스무 마리를 단숨에 처치하면서 생각했다.

'이누타브의 샘물보다 훨씬 쉽군.'

거기에 있던 놈들은 하나하나가 정규 기사보다 강했다. 하지만 이 마물들 정도면 식후 운동거리도 되지 않는다. 말 그대로 칼을 든 어른이 맨손의 어린아이를 농락하는 것보다 쉬웠다.

거기에다 거기서 겪은 실전 경험이 도움이 되었다. 내 검기는 단순히 힘으로 베는 것을 넘어서 있었다. 상대와의 간격을 파악하고 적절하게 치고 빠지는 게 익숙해져 있다. 그 덕에 마물들은 한층 우왕좌왕했다.

그렇게 40마리째를 베고 있을 때였다. 별안간 허공에서 거대한 부메랑이 서로 다른 궤적으로 날아들었다. 그리 빠르지는 않았지만 확실하게 내가 피할 공간을 없애고 있었다.

'상당한 실력이군!'

타닥.

나는 내 머리를 스치는 부메랑을 블레이드로 걸으면서 도리어 상대에게 힘을 주어 밀어냈다. 상대는 설마 내가 부메랑을 걸어 낼 줄은 생각하지 못했는지 생각 없이 되돌아오는 부메랑에 손을 뻗었다.

하지만 곧 기겁하며 자신의 몸을 피했고, 궤적을 잃은 강철 부메랑은 뒤쪽에 서 있던 거대 몬스터의 허리를 잘라 버리고 말았다.

그 찰나에 내 공격을 간파하고 목숨을 건진 재주를 보면 제법 하는 놈이다. 내가 학살을 멈추고 자세를 잡자, 사방에서 우르르 마물들이 몰려왔다.

부메랑을 던졌던 놈은 유난히 키가 크고, 팔을 길게 늘어뜨리고 있는 마물이었다. 엄청나게 튀어나와 있는 밑송곳니가 인상적이었다. 내가 알기로 저런 마물은 단 하나뿐이었다.

트롤(Troll).

팔을 잘라도 1분 후에 회복한다는 가공할 재생력을 지닌 생물! 거기에다 힘은 거인족에 필적할 정도라서, 다 자란 트롤은 병사 일개 소대를 투입해도 잡을까 말까라고 한다.

게다가 저 트롤은 나름대로 전사 레벨이 높은 상태. 보통이라면 기사단을 동원해야 잡을 수 있는 놈이다. 그 트롤은 성큼성큼 걸어 나오며 외쳤다.

"크르륵! 네놈은 누군데 우리를 공격하느냐!"

마물의 습성대로라면 이것저것 따지지 않고 미친 듯이 나를 공격해야 정상이다. 그런데 말하는 걸 보면 상당한 지능이 있는 것 같았다. 거기에다 대륙 공용어를 할 줄 아는 것이다.

나는 속으로 약간 놀라웠지만 내색하지 않았다.

"나? 풍운의 모험가 J. S라고 해 둘까. 너네야말로 뭔데 대천문 주변에 몰려 있는 건지 말해라!"

"크륵… J. S라고."

내 말을 들은 트롤이 곤혹스러운 얼굴로 뒤를 바라보았다. 그러자 거기에서 날카로운 인상을 한 미녀 하나와, 마법사 복장을 한 마물이 천천히 걸어 나왔다.

'저놈들이 대장이군.'

레벨 30을 넘는 세 마리. 그중의 두 마리가 내 앞에 나타난 것이다. 미녀 쪽은 탈 듯이 붉은 드레스를 입고 있지만 등 뒤에 박쥐 날개가 달려 있었다. 그걸로 봐서는 마족 계열의 마물 같았다.

마법사 복장을 한 놈은 얼핏 보기엔 인간처럼 생겼지만, 실제로는 온몸에 검은 가스가 들어차서 형태를 만들고 있을 뿐이었다. 마법을 쓰는데다 물리 공격이 잘 통하지 않는 골치 아픈 놈일 가능성이 높았다.

나는 놈들의 레벨을 확인했다.

시넬

v. 27 서큐버스
Lv. 13 사이드 서모너

코로니

Lv. 36 데스콥터

서큐버스와 데스콥터?

내 의문을 읽었는지 레비가 마음속으로 설명해 줬다.

[주인님. 서큐버스는 남자를 홀려서 정기를 얻는 마물이고, 데스콥터는 마계에서만 살아가는 가스 생물입니다. 둘 다 상위 마족으로 이 대륙에 사는 종족은 아닙니다.]

상위 마족이란 건 마계에서도 귀족 위치에 있는 상위 종족들이다. 상위 마족 중에서도 특히 강력한 놈들은 마왕(魔王)이라고 불린다.

'표식으로 봐서는 하라바인의 몬스터 병단인데.'

나는 쓰러뜨린 마물들의 어깨나 가슴에 숨겨져 있는

마법 표식을 보고 중얼거렸다. 예전에 블라스팅이 보여 준 곳에 따르면 이놈들은 하라바인의 몬스터 병단 소속이다.

몰래 왕궁 지하에 숨어든 걸 보면 특공대일 가능성이 컸다. 내가 이것저것 생각하고 있는 동안에 서큐버스, 시넬이 졸린 눈으로 말했다.

"흐음… 들어 본 적 있어. 윗사람들이 혈안이 되어서 찾고 있는 녀석이야. 검도 마법도 제법 잘 쓰는 마검사라고 하던데 말이야."

시넬의 말에 코로니가 자신의 마법사 전용 지팡이를 꼭 끌어안으며 음습한 텔레파시를 내뿜었다. 시넬은 몰라도 코로니는 확실히 나를 경계하고 있었다.

―조심해라. 저놈은 풍왕 시우겐을 쓰러뜨렸다.

"헤에. 그 괴물을. 엄청난 놈이구나~"

블론드빛 머리칼을 찰랑거리며 키득거리는 시넬의 얼굴에 긴장감이라곤 없어 보였다. 같은 하라바인 소속이라도 풍왕의 지배를 받는 마물들은 아닌 것 같다.

'그럴 만하지.'

하지만 곧 당연한 일이란 걸 깨달았다. 내가 급격히 강해져서 그렇지, 레벨 30을 넘는 마물들이라면 왕국의 최상급 기사도 상대하기 힘들다. 자기 힘에 어지간히 자신이 있는 마족이 아니면 이 세계에 소환되지도 않는 것이다.

 저놈들 둘이 상대라면, 트위스티드의 간부급을 상대하는 것과 그리 다르지 않다. 거기에다가 주변에는 마물들이 둘러싸고 있으니 내 쪽이 크게 불리하다고 할 수 있다.

 "우리 계획이 들킨 건가?"

 거기서 끝이 아니었다. 곧 중후한 목소리와 함께 사람 모양의 그림자가 뒤편에서 나타났다.

 "이런 곳에서 자네를 만날 줄은 몰랐다."

 "너는!"

 나는 그만 경호성을 내지르고 말았다. 나타난 것은 직접 얼굴을 맞대지는 않았지만, 충분히 내 적이랄 만한 놈이었다. 이미 안면도 있는 사이라서 놀라움은 더욱 컸다.

 화이트슈트 정장을 입은 그놈은 멋들어지게 기른 수염을 만지작거리면서 나를 흥미롭게 바라보았다. 그 뱀 같은 시선은 이미 한 차례 겪은 적이 있었다.

 도저히 분노를 참기 힘들다. 나는 이누타브 블레이드를 꽉 말아 쥐며 놈의 이름을 크게 불렀다.

 "로벨 카드레이!!"

 "호오. 기억해 주고 있었나. 고마운 노릇이군."

 로벨 카드레이.

 처음 그랑시엘과 함께 모험을 시작했을 때 만났던 적

이다. 도적길드장인 타힐 마라우제와 함께 로벨 놈을 암살하려고 했지만, 놈이 미리 눈치채고 도주하는 바람에 없던 일이 되어 버렸다.

'개자식!'

일찍이 타마이 도시의 경제를 파산시키고 사람들을 도탄에 빠뜨렸던 흉수다. 이런 곳에서 마주치게 될 줄은 꿈에도 생각하지 못했다.

거기다 로벨은 남방신 탈마히라의 부하다. 거기에 시스테마인 놈과도 잘 아는 사이인 것 같다. 여러모로 내게 있어서는 같은 하늘을 이고 살 수 없는 사이였다.

나는 빠르게 로벨의 레벨을 관찰했다.

로벨 카드레이

Lv. 21 노멀 위저드
Lv. 16 패러사이트 유저
Lv. 11 다크 소서러
Lv. 10 블러드로드

'강한 놈이군. 그리고 인간이 아냐.'

종족 레벨인 블러드로드를 제외하면 총레벨이 50에

육박하는 놈이다. 이 정도 레벨이면 골든프릭스 용병단급이다.

'대체 그때는 왜 도망친 거야?'

처음 내가 로벨을 암살하러 갔을 때는 실력도 변변치 않은 하수였다. 로벨과 싸웠다면 내가 졌을 게 불을 보듯 훤하다. 로벨이 우리와 싸우지 않고 도망친 이유가 이해가 가지 않는다.

아무튼 로벨을 포함해서 적이 이 정도 숫자라면 엄청난 것이다. 이 정도 병력이면 일반 병사가 일만 명은 동원되어야 상대할 수 있다. 그리고 왕궁에는 그런 병력이 없었다.

로벨은 유들거리면서 말했다.

"이누타브의 사자. 자네는 대천문을 이용해서 여기로 온 모양이군. 어디서 출발했는지 알 수 있겠나?"

나는 로벨의 질문에 피식 웃어 버리고 말았다. 로벨 카드레이는 아직도 나를 그때의 애송이로 착각하고 있었다. 그 대가는 혹독하게 치러야 할 것이다.

"내가 왜 그런 걸 말해 줘야 되냐? 닥치고 내 쩔어 주는 이누타브 블레이드나 보고 죽으라고."

너 같은 놈들을 정정당당하게 상대해 줄 필요는 없다.

"뭐라고."

"플레임 노바!"

로벨이 황당해하기도 전에 내 손에서는 6클래스 화염 주문인 플레임 노바(Flame Nova)가 완성되어 있었다. 주변의 마물들은 그 마력의 기운을 느끼고 내게 덤벼들었지만, 그와 동시에 내 몸에서 포스필드가 발동되어서 공격을 막아 냈다.

[쿠오?!]

플레임 노바는 느리지만 매우 강력한 주문이다. 내 손목이 떨쳐지고 화염의 날개가 허공에 펼쳐지는 순간, 마물 하나가 비명을 지르듯 외쳤다.

[이누타브 블레이드로 공격한다며!]

마력이 허공에 맺히고 화염이 급격히 섭씨 3,000도를 넘겼을 때, 나는 깜박했다는 듯 그놈의 질문에 대답해 주었다.

"뻥이야."

[……!!]

콰콰콰콰.

홍염의 파도가 사방 십여 미터를 휩쓸면서 폭염으로 왕궁 지하를 물들였다. 6클래스 후반에서도 특히 강력한 주문이니 이 정도 위력인 게 당연하다. 삽시간에 비명도 지르지 못하고 여덟 마리의 마물들이 타죽어 버리고 말았다.

나는 멈추지 않고 연속해서 주문을 외웠다. 내 왼팔을

타고 뇌전의 마력이 용솟음쳤다. 지금의 나는 퀸틸리온 덕분에 마력이 무한히 샘솟아 오른다!

"아침에 불사조를 타고 하늘에 오르고 저녁에 바다를 보니 흰 파도가 일어나니! 와라, 정령의 뇌신!"

그때 폭염 저편에서 로벨 카드레이가 가까스로 정신을 차린 듯 눈을 부릅떴다. 놈도 나름대로 뛰어난 마법사라서 내 공격을 막아 냈지만, 반격할 정도의 레벨은 아니었다.

"그, 그 주문은 설마!"

나는 경쾌하게 대답해 주었다.

"설마는 무슨 설마야! 이 몸의 쩔어 주는 대뢰신주(Grand Lightning Spell)지!"

로벨은 진정으로 공포에 가득 차서 외쳤다.

"말도 안 돼!!!"

놈의 입장에선 이해가 가지 않을 것이다. 모험을 시작한지 채 여섯 달도 되지 않은 애송이가, 그 짧은 시간에 극한의 경지인 대뢰신주를 터득했다는 게.

보통은 천재라도 평생이 걸리는 일이기 때문이다.

하지만 놈은 내 능력을 너무 과소평가했다. 레벨업 능력만 있으면 대뢰신주가 아니라 9클래스 궁극 주문이라도 손에 넣을 수 있다. 나는 씨익 웃으면서 뇌전의 활시위를 크게 당겼다.

끼이잉.

번개의 화살이 응축되어서 로벨 쪽으로 살의를 쏘아 보내고 있었다. 느껴지는 마력만으로도 주변에 자기장을 만들어 내었다. 마법사인 로벨은 고양이 앞의 생쥐처럼 그 자리에서 움직이지 못했다.

"뒈져라, 개자식아."

내 증오가 라이트닝 프롬 더 헤븐과 함께 손끝에서 터져 나갔다. 로벨이 급히 방어막을 치면서 막아 내려 했지만 이미 소용없는 짓이었다. 이 주문을 막으려면 9클래스의 궁극 마법을 써야 한다.

콰과과광.

말 그대로 빛의 광선이 전면을 관통하면서 뚫고 지나갔다. 벽이고 마물이고 가리지 않고 꿰뚫는 빛의 화살은 곧 궤도를 상승시키며 지표를 뚫고 나갔다. 그 빛은 지하에 마치 터널을 만들어 내는 것 같았다.

잠시 후 후두둑거리며 천정에서 흙이 떨어졌다. 발 밑이 울리면서 가벼운 지진이 일어났다.

[쿠우우우.]

살아남은 마물들이 내 주변에 서성거렸지만, 이미 눈빛에서 전의라고는 찾아볼 수가 없었다. 가공할 범위공격 주문이 몇 번이나 강타했으니 차마 공격할 마음이 들지 않을 것이다.

전쟁 177

"흥."

 나는 졸개들은 신경 쓰지 않으며 상위 마물들의 기척을 주시했다. 지금까지 하급 마물밖에 죽이지 않았다는 점이 마음에 걸렸다.

 '뭔가 있어!'

 아니나 다를까, 폐허가 된 잔해 속에서 무언가가 불쑥불쑥 솟아오르기 시작했다. 그것들 중에서 은근슬쩍 상위 마족인 코로니가 모습을 드러냈다. 역시 저놈은 주문의 범위에서 피해 있었던 것이다.

 그래도 피해가 없진 않은지, 몸이 많이 축소되어 있었다. 어둠의 영기가 불꽃에 타 버렸기 때문이다. 코로니는 나를 노려보더니 명령을 내렸다.

 [저놈을 공격해라.]

 파바밧.

 그와 동시에 시뻘건 액체 같은 게 사방으로 튀어 다니면서 내 시야를 교란시켰다. 나는 동체시력으로 그것들이 사람크기라는 사실을 알아챘다. 놈들의 속도가 제법 빨라서 괜히 말려들까 봐 반격만을 기다렸다.

 이윽고 한 놈이 시뻘건 손톱을 뻗어 내며 내 뒤쪽으로 공격해 왔다. 놈은 완벽한 사각이라고 생각한 모양이지만, 불행히도 그건 내가 이미 기다리고 있던 공격이었다.

스카칵!

엄청난 속도로 뽑혀 나온 이누타브 블레이드에 전신이 반으로 갈라진 괴물은 흐늘거리면서 그 자리에서 몸이 흩어져 버렸다. 속도와 힘이 대단한 놈이다.

저만치에서 명령을 내리고 있는 코로니가 킬킬거렸다.

[흐흐흐… 그게 바로 남방신 탈마히라의 걸작, 블러드 로드들이다. 네놈이 그 포위진에서 얼마나 버틸 수 있을까?]

'이것들이 블러드로드란 종족이군.'

시스테마인의 부하 노릇도 겸하고 있는 놈들이다.

중급 마물 중에서 절반은 블러드로드로 보였다. 확실히 키타론의 해적단에게서 들은 대로 대단한 스피드와 힘을 지니고 있다. 이런 놈들이 공격해 왔다면 아무리 키타론이라도 버텨 내지 못할 만하다.

하지만 나는 피식 웃으면서 나직이 중얼거렸다.

"완벽초인 모드(Perfect Mode)."

이누타브 플레이트 소환!

파캉.

한 번 오레이칼코스에게 부서진 적 있는 이누타브 플레이트는 더욱 강한 빛을 뿜어내며 장착되었다. 신물이기 때문에 부서져도 아공간에서 자동으로 수리되는 것이다.

선홍색 스파이크 갑옷이 장착되자마자 블러드로드들이 동시에 공격해 왔지만 나는 반격하지 않고 가만히 서 있었다. 공격할 테면 공격해 보라는 도발이었다.

까앙.

[크어어?!]

[이런.]

블러드로드들은 거인족보다 강한 힘으로 강타했는데도 미동도 하지 않는 걸 보고 당황한 기색이었다. 이누타브 플레이트를 부수려면 오리하르콘을 박살 낼 정도의 힘이 필요하다. 그 정도론 많이 모자라다.

나는 놈들이 충분히 가까이 온 것을 확인하고는, 그대로 갑옷의 장비 스킬인 플레어 버스트를 발동시켰다. 갑옷에서 선홍색 열옥이 퍼져 나가면서 블러드로드들을 휩쓸어 버렸다.

스아아앗.

압도적인 위력.

이윽고 지옥의 노란 빛으로 타오르는 열염은 블러드로드들을 비명도 없이 소멸시켜 버렸다. 손 하나 까닥하지 않고 중급 마물을 열 마리 이상 없애 버린 것이다.

[허억….]

저 멀리에서 보고 있던 코로니는 그 위용에 질렸는지 주춤거리면서 뒤로 물러났다. 특히 상대의 강함에 민감한 마족이니 그 두려움은 더할 것이다.

[네, 네놈은 정말 이누타브의 사자란 말이냐! 그 이누타브 플레이트는 성기사의 것인데.]

"로벨이 설명 안 하디?"

나는 이죽거리면서 순식간에 코로니의 코앞으로 블링크했다. 이미 블링크 정도는 숨 쉬듯이 펼칠 수 있는 주문이었다. 게다가 가스나 세뇌 공격 따위는 이누타브 플레이트 앞에서 무용지물이다.

[허걱!]

코로니는 재빨리 자기 몸을 안개로 변화시키며 내게서 도망치려 했지만, 나는 그 움직임도 미리 예상하고 있었다.

갑옷의 주먹이 안개를 물듯이 붙잡았다. 형체 없는 안개지만 이누타브 플레이트 앞에선 소용없다. 갑옷에 핵이 붙잡혀 버리자, 가스 생명체인 코로니는 버둥거리며 악을 내질렀다.

[크아아악! 사, 살려 줘!! 시넬!]

"…라고 하는데, 안 덤비냐."

"……."

나는 코로니의 비명을 즐겁게 감상하면서 내 등 뒤에 홀연히 나타난 시넬에게 말했다. 보지 않아도 시넬의 존재 정도는 알아챌 수 있다. 이미 나는 검성에 가까운 실력이기 때문이다.

 시넬은 입을 꾹 하고 닫고 있다가 말했다.

 "포기하겠어. 마왕(魔王)이 오지 않으면 당신을 상대할 수 없겠네요."

 [시, 시넬!! 나를 버릴 셈이냐!]

 코로니가 울부짖었지만 시넬은 그 말을 가볍게 무시해 버렸다. 시넬에게 코로니는 더 이상 애물단지 이상이 아니었다.

 "널 돕는다고 내가 죽을 순 없잖아?"

 [그, 그런!]

 맞는 말이네.

 나는 마음속으로 공감했다.

 그 말이 끝남과 동시에 시넬은 미리 준비하고 있던 역소환진을 펼쳤다. 내가 덤벼들어도 0.1초 만에 마계로 돌아가려는 준비였다. 애써 태연한 척하며 나를 경계하고 있는 시넬의 모습이 우스웠다.

 나는 킥하고 웃었다.

 "가 버려. 너 같은 건 언제든지 잡을 수 있으니까."

 "…당신, 후회할걸."

 내 말에 시넬은 잠시 상처받은 표정을 짓다가, 재빨리 모습을 감춰 버리고 말았다. 상위 마족의 자존심을 접고 마계로 돌아가 버린 것이다.

나는 손에 잡혀 있는 코로니를 물끄러미 내려다보았다. 코로니는 어떻게든 살아남고 싶은지 필사적으로 텔레파시를 날려 왔다.

—제발 살려 주십시오! 절 살려 주시면 하라바인 군대에 대해 아는 건 뭐든지 말씀드리겠습니다!

"그러냐."

—제발…!!

나는 필사적으로 목숨을 구걸하는 놈의 모습을 보니 죽이기가 싫어졌다. 살짝 손에서 힘을 풀자 코로니는 이때다 싶어서 날듯이 도망쳐 버렸다. 하지만 많이 약해져 있어서, 원래 힘을 되찾기 위해서는 수년의 시간이 필요할 것이다.

안개로 변한 코로니는 내 손에서 완전히 도망쳤다고 생각했는지 저만치로 날아가면서 득의양양하게 외쳤다.

[오늘의 빚은 반드시 갚아 주마!!]

나는 그만 머리를 짚어 버렸다.

"아, 저럴 줄 알았어."

왜 내가 예상하는 패턴을 벗어나지 못하지?

나는 속으로 한숨을 내쉬면서 이누타브 블레이드를 뽑아 들었다. 그러고는 레비에게 조용히 명령했다.

"레비. 날개를 펼친다."

[알겠습니다, 주인님.]

전쟁 183

부웅 하는 소리와 함께 내 등 뒤에 명부신 타나토스의 날개가 소환되었다. 타나토스의 날개는 어마어마한 회피율을 고정시키는 것 외에도, 블링크와 초고속 이동을 가능하게 하는 능력이 있었다.

 콰악.

 [키이익.]

 내가 날개를 펼치자마자 코로니의 몸은 재차 내게 붙잡혔다. 이제는 손쓸 방법도 없었다. 코로니는 뭔가 변명하려는 것처럼 몸을 떨었지만, 나는 자비 없이 이누타브 블레이드를 휘둘렀다.

 서컹.

 [크아아악!!]

 그것이 상위 마족 코로니의 최후였다. 그러게 조용히 도망쳤으면 중간이라도 갔을 텐데, 왜 나를 도발하냐고.

 나는 코로니를 처치하자마자 다시 원래 자리로 되돌아왔다. 주변에 서성거리는 마물들은 내 시선만 닿아도 불안해하며 떨고 있었다.

 놈들 입장에서는 대장이 몽땅 죽거나 사라져 버린 셈이니 불안할 만하다. 이 자리에서 놈들을 몰살시키는 것도 지금의 내게는 불가능한 일이 아니다.

 이누타브 블레이드를 들고 있으니 내 마음이 점차 살

의의 파동에 물들기 시작했다. 마의 기운을 내뿜고 있는 놈들을 한 마리도 남김없이 죽여 버리고 싶은 충동이 솟아올랐다.

저런 벌레들을 베어 죽이는 건 전혀 나쁜 일이 아니다. 도리어 칭송받을 것이다. 영광 속에 학살을 반복하면 어느새 영웅이 되어 있을 것이다.

…아니다.

필요 이상으로 죽이는 건 쓸데없는 짓이다. 그런 짓을 해 봤자 마음만 타락할 뿐이다. 중요한 것은 내 목적을 달성하는 것이다.

마음이 진정되지 않는다….

"후우."

나는 크게 심호흡을 몇 번 했다. 마음속에 꽉꽉 들어찬 살의의 파동이 점차 잔잔해지는 게 느껴졌다. 조금만 더 광기에 물들었다면 모든 생명체가 사라질 때까지 학살을 자행했을 것이다.

나는 인상을 찡그렸다.

이누타브의 장비를 갖추면 전투력이 월등히 좋아지는 대신, 오래 장착할수록 정신이 광기에 물들어 버린다. 그것은 내가 이누타브의 성기사라서 가지게 되는 어쩔 수 없는 특성이다.

광기에 물들면 전투력이 훨씬 높아지지만 적아를 가리

전쟁 185

지 않고 살상하게 된다. 돌진만 반복하다가 충격탄에 맞아서 쓰러질지도 모른다. 그런 광전사만큼은 되기가 싫었다.

광전사로는 버틸 수가 없다.

나는 잠시 후 생각을 정리하고는 주변에 몰려 있는 몬스터들에게 엄포를 놓았다. 알아듣기 쉽도록 텔레파시로 외쳤다.

―살고 싶은 놈은 무기를 버리고 위로 올라가서 투항해라! 죽고 싶은 놈은 내가 직접 죽여 주마.

마물들은 저마다 눈치를 보더니 하나둘씩 무기를 버렸다. 보통 마물들은 지성이 없어서 끝까지 본능에 따라 달려들겠지만, 이놈들은 강도 높은 훈련을 받은 놈들이다. 당연히 자기 목숨 소중한 줄 알고 있었다.

"크륵…."

처음에 나를 공격했던 부메랑 트롤은 분한 듯한 표정을 지었지만, 이내 고개를 떨구고는 계단 위로 올라갔다. 내게 저항해 봤자 죽음밖에 없다는 사실을 깨달은 것이다.

대다수의 마물들이 올라가서 투항하고 있을 때였다.

"음, 나도 나름대로 괴물이라고 생각했는데 자넨 더하군. 무슨 수로 인간이 그렇게 빨리 강해질 수 있는 건지 이해가 가지 않아."

 내가 뒤를 휙 하고 돌아보자 그곳에는 로벨 카드레이가 더러워진 화이트슈츠 상의를 벗고 있었다. 놈은 여전히 여유작작한 말투였다.
 저놈, 대뢰신주를 정통으로 맞고도 멀쩡하단 말인가? 아무리 종족이 블러드로드라도 그럴 수는 없다.
 나는 로벨에게 특수한 능력이 있다는 걸 눈치채고 함부로 덤벼들지 않았다. 대신에 놈의 말에 이죽거리며 대답해 주었다.
 "넌 진짜 괴물이잖아. 난 괴물급 천재고."
 로벨이 한숨을 쉬었다.
 "그걸 꼭 그렇게 트집을 잡아야겠나? 센스가 없는 친구군. 주변에 친구 별로 없지?"
 "……."
 로벨은 심드렁하게 한 말이었지만 나는 의외로 정곡을 찔려 버렸다. 주변에 친구가 많이 없는 건 사실이기 때문이다. 간신히 포커페이스를 유지했지만 얼굴이 화끈거리는 건 어쩔 수 없었다.
 로벨은 그러거나 말거나 상의를 벗어 던졌다. 새하얀 양복 밑에는 또 다른 새하얀 양복이 있었다. 아니 저 자식 같은 옷을 두 벌이나 껴입고 있었단 말인가.

나는 로벨의 옷 입는 센스가 너무나 괴악해서 할 말을 잃어버리고 말았다. 보통은 저렇게 입으면 답답해서 쪄 죽을 것이다.

"왜 안에 또 그걸 입고 있는거여."

대답은 청산유수였다.

"이런 일이 있을까 봐 입고 있지."

"그게 또 불에 타거나 찢어지면?"

내 질문에 로벨은 싱그러운 웃음을 지었다. 보는 내가 상쾌해질 정도로 맑은 웃음이었다.

"허허허허. 이 밑에 또 입고 있다네."

"……"

졌다. 이놈은 답이 없는 변태다. 변태 중에 상변태다. 변태라는 이름의 신사일지도 모른다. 차마 하의도 입고 있냐는 질문은 하지 못했다.

로벨은 자신의 머리를 매만지면서 말했다.

"이렇게 마주친 것도 인연이지만, 그리 달가운 일이 아니군. 자네는 벌써 내 일을 두 번이나 방해했어."

"어쩌라고? 불만 있으면 막아 보든가."

"아니. 난 도리어 다행이라고 생각하고 있네."

이건 또 무슨 귀신 씨나락 까먹는 소리인가. 이 로벨이란 놈은 여러 가지 의미로 강적인 것 같다. 내가 황당한 눈으로 쳐다보고 있자 로벨은 콧수염을 매만졌다.

"겨우 이 정도 희생으로 자네가 얼마나 강한지 알 수 있었다면 싼 편이다. 자네가 내 입장이라면 그렇게 생각하지 않겠는가."

보자 보자 하니까 자기 편한 대로 해석하고 있군.

"하! 긍정적인 마인드도 정도가 있는 법이야."

나는 로벨을 비웃으며 이누타브 블레이드를 겨누었다.

"이 자리에서 넌 죽을 텐데, 그래도 다행이라고 말할 수 있으면 대단하다고 해 주지."

"허허. 대뢰신주보다 더 강한 수법이 있나?"

"그건…."

나는 대답하려다가 멈칫하고 말았다. 상대는 능란하게 내 수법과 약점을 알아내려 하고 있다. 무의식적으로 대답했으면 정보를 뺏길 뻔했다. 나는 로벨이 영악한 놈이란 걸 새삼 깨닫고는 이를 부득 갈았다.

"저승에서 알아봐라!"

슈각.

나는 블링크로 이동하면서 순식간에 검기를 늘여서 로벨의 몸을 5등분 했다. 그 속도는 지금까지 중에서 제일 빨랐다. 어찌나 빠른지 검이 휘둘러지고 나서야 공기가 진동할 정도였다.

로벨의 몸은 확실히 내 검에 잘려 나갔다. 검신에 흐르는 감각이 그 사실을 명확하게 알려 주고 있었다. 전신에

혈선이 나 있는 로벨은 히쭉하고 웃었다.

"크흐흐…."

철퍽.

로벨은 가타부타 말도 하지 않고 동강나서 죽어 버렸다. 나는 너무나 쉽게 처치했단 생각에 의심스러운 눈으로 놈의 시체를 내려 보았다.

주르륵.

곧 로벨의 살갖과 육신이 녹아내리더니 붉은 핏물처럼 되었다. 붉은 핏물은 살아남으려는 듯 버둥거리더니 이내 보통 액체처럼 변해 버렸다. 그 모습은 블러드로드의 죽음과 같았다.

"……!! 설마!"

나는 머릿속에 떠오른 생각에 치를 떨었다. 주변을 둘러보자 살아남아 있던 블러드로드의 숫자가 줄어 있었다. 그 짧은 순간에 자기 대신에 다른 블러드로드를 희생시킨 것이다.

"이 자식이!"

아마 진짜 로벨은 이미 멀리 도망쳐 버렸을 것이다. 그러고는 다른 블러드로드들을 정신조종해서 내 정보를 얻어 내는 데만 골몰해 있었다. 도대체 언제부터 바꿔치기를 했는지 짐작도 가지 않았다.

나는 이를 부득 갈았지만 이미 당해 버린 후다. 로벨은 대뢰신주를 보기 전부터 나와 싸울 생각이 없었던 것이다. 정말이지 꼬리를 드러내지 않는 여우였다.

"크아아아!!"

분노로 소리를 내지르는 내게로 살아남아 있던 블러드로드들이 일제히 덤벼들었다. 로벨은 내가 눈치챈 사실을 깨닫고 마지막 '재활용'을 하는 것이다.

종족 하나하나의 의사와는 상관없이.

나는 기가 막혀 하면서도 빠르게 검을 휘둘러서 블러드로드들을 모조리 없애 버렸다. 어차피 해악이 될 놈들이니 해치워 버리는 편이 낫긴 했다.

마지막 블러드로드의 목을 관통하는 순간, 그 입을 타고 로벨의 목소리가 흘러나왔다.

[다…시… 말하지…. 탈 마릴 섬으로… 와라….]

쿠웅.

곧 핏빛 물이 되어서 흘러내리는 블러드로드를 보고 나는 복잡한 심정이 되었다. 탈 마릴 섬이라면 아마 남방신 탈마히라의 본거지일 것이다.

"……"

놈은 자기를 죽이고 싶으면 그곳으로 오라고 말하고 있다. 받아들일 수도, 무시할 수도 없는 도발이다. 하지만 도전을 받은 이상 거뜬히 해치워 주는 것도 도리다.

머릿속에 앞으로의 목표가 세워졌다.

이번 전쟁을 해결한 다음에는 탈 마릴 섬으로 간다.

마물 특공대를 투항시키는 일은 생각보다는 힘겨웠다. 멀쩡한 왕궁 경비병들이 몬스터를 보자마자 기절해 버리기도 했고, 일부 열혈 기사들이 다짜고짜 몬스터들을 공격해 왔기 때문이다.

나는 간신히 그들을 제어하면서 상황을 설명했다. 처음으로 내 설명을 들은 왕궁의 상급 기사, 데카라비아는 믿을 수 없다는 듯 검날을 바짝 세웠다.

"그런 허무맹랑한 말을 믿으라고! 너야말로 하라바인 제국의 첩자인 게 아니냐!!"

"아 거참 답답하네!"

데카라비아는 내 말에 흥분했는지 커다란 콧구멍을 벌렁거리며 외쳤다.

"이놈이! 너는 귀족이냐 평민이냐!"

"뭔 상관이야! 주제를 돌리지 마!"

멀쩡한 대화에서 신분 놀음까지 가니 속이 답답해서 죽을 지경이었다. 어떻게든 좀 더 높은 사람을 불러 달라고 했지만 데카라비아는 자신의 공적으로 만들고 싶은지 말을 질질 끌기만 했다.

'어우! 차라리 마물과 싸우고 말지. 왜 이렇게 힘들

어?! 말귀 못 알아듣기로는 슬라임보다 더한 자식들!'

장장 30분 동안 말싸움을 하던 나와 데카라비아는 결국 대화가 결론이 안 난다는 걸 서로 깨닫고 말았다. 데카라비아도 마냥 우기기만 해서는 안 된다는 걸 깨닫고는 선심 쓰듯이 말했다.

"좋아. 자네 이름이 J. S라고 했지?"

"그런데요."

무슨 말을 하려고 이러지?

"내가 얼마 후에 남작 작위를 받으면 후하게 포상해 줄 테니, 오늘은 일단 돌아가 보게. 이 마물들은 내가 인솔해 가겠네."

"……."

공적을 혼자 것으로 하려는 의도가 눈에 훤히 읽혔다. 게다가 아직 작위도 받지 못했다면 낙하산으로 기사가 된 놈인 게 뻔했다. 레벨을 봐도 상급 기사 데카라비아는 고작해야 8 정도에 불과했다.

'무슨 놈의 상급 기사가 하급 기사 초봉보다 약해?!'

크렌도스 성에서는 있을 수 없는 일이다. 크렌도스 성의 평균 상급 기사들보다 레벨이 5나 낮았다. 내가 이런 한심한 놈과 언성을 높이며 주접을 떨고 있다는 생각이 들자 기가 막혔다.

그때였다.

전쟁 193

"무슨 일로 왕궁 지하 입구에서 이런 소란이죠?"

옥구슬 흐르는 듯한 목소리가 울려 퍼졌다. 옹기종기 모여 있는 몬스터들과, 입씨름하고 있는 두 남자를 보는 눈망울이 마치 사슴 같았다. 멀리서 보기에도 기품이 느껴지는 숙녀가 걸어오고 있었다.

아름답다.

사람을 보고 순수하게 아름답다고 생각한 건 이번이 처음이다. 그랑시엘이나 카르르기도 미모로 치면 뒤지는 게 아니지만, 그들과는 다른 고귀한 매력이 느껴졌다.

로자리 양식의 머리칼이 바람에 흩날렸다.

금발에 홍옥 같은 붉은 눈동자를 지닌 여인은 양산을 쓴 채로 시종 두셋을 거느린 채 걸어오고 있었다. 무력을 담당하는 시종조차도 여자였다. 그녀는 도열해 있는 몬스터들을 보자 고운 아미를 찌푸렸다.

"이 마물들은 뭐죠?"

"넵! 고, 공녀님. 이것들은 왕궁 지하로 침입한 하라바인 제국의 마물들입니다! 제가 직접 붙잡아서 인솔해 가려던 참이었습니다."

데카라비아는 힘차게 소리 지르며 자신의 공적(?)을 낱낱이 보고했다. 나는 지켜보다가 반박할 힘도 안 나서 헛웃음을 지었다. 왕궁기사에 대한 환상이 다 사라질 지경이다.

 어렸을 때 생각했던 왕궁기사는 이런 모습이 아니었다. 각 지방에서 차출된 엘리트 기사만 모아서 따로 훈련시켜 왕도를 지키는 영웅이었다. 데카라비아를 보면 볼수록 마음속의 이상향이 흔들리고 있다.

 '짜증나네.'

 로벨과 대면했을 때보다 더 짜증난다. 성질 같아서는 저놈의 목을 확 베어 버리고 떠나고 싶다. 하지만 고향에 가족도 있는데다 섣부른 짓을 해서 좋을 게 없기 때문에 참고 있을 뿐이다.

 데카라비아의 이야기를 듣던 공녀의 표정이 묘해졌다.

 "기사 데카라비아. 지금 당신이 이 몬스터들을 생포했다고 말하는 것입니까?"

 "네, 넵! 이들이 왕궁 지하에 서성이는 걸 단칼에 제압하고 충성스러운 경비병들과 함께 인솔…."

 "흐응."

 공녀라 불린 여인은 그 말을 무시한 채 몬스터들을 하나하나 둘러보았다. 그러더니 사정없이 데카라비아의 자존심을 깔아뭉개는 말을 늘어놓았다.

 "오우거, 트롤, 다크오크, 오크라이더, 고블린 메이지… 거기에 하나같이 중장비군요. 거기에 숫자도 경비병보다 많네요. 이렇게 강한 마물들을, 기사 시험에 3번이나 낙방한 데카라비아 당신이 생포했다는 걸 제가 믿어야 할까요?"

그 말은 태연하게 객관적으로 정곡을 찌르고 있었다.

"…그, 그건…."

데카라비아는 자신이 생각해도 말이 안 된다고 생각했는지 말문이 막혔다. 데카라비아가 할 말을 찾아서 우물쭈물거릴 때 공녀가 확인 사살을 날렸다.

"당신은 저들을 생포하면서 갑옷에 생채기 하나 나지 않았군요. 그대가 이렇게 훌륭한 기사였을 줄이야… 이 사실은 기억하고 있다가 추후 보고에 넣도록 하죠."

좋게 말하고 있지만 돌려서 비꼬고 있는 말이다. 저 말을 하면 왕궁의 누구도 믿지 않는다.

"크으으윽!! 공녀님, 제발…."

데카라비아는 졸지에 코너에 몰리자 무릎을 꿇으며 애원했지만 이미 공녀는 그를 거들떠보지도 않았다. 나는 그 광경을 보다가 졸지에 유쾌해져서 크게 웃음을 터뜨리고 말았다.

"아하하핫!! 시원하네, 거참."

체증이 확 내려가는 기분이다!

내 웃음소리에 공녀가 힐끔 내 쪽을 돌아보더니 호기심을 표출했다. 그녀는 들고 있던 양산을 접어서 한 손에 쥐면서 천천히 내 쪽으로 걸어왔다.

"당신은 아까부터 이 자리에 있군요. 무슨 경과로 이 지엄한 왕궁에서 상급 기사와 입씨름을 하고 있었던 건지 알 수 있을까요?"

나는 표정을 약간 구겼다. 좋게 말하고 있지만, 빠져나갈 구멍이 없게 만들어 버렸다. 어찌 되었든 내가 왕궁에 멋대로 들어와 버린 건 사실이기 때문이다. 나는 대답하기에 앞서서 말했다.

"이름!"

"네?"

"통성명부터 하지. 서로 이름도 몰라서야 중요한 대화가 제대로 나눠질 리가 없잖아."

공녀는 내 말에 잠시 멍한 표정을 지었다. 내 말에 반응한 것은 도리어 옆에 서 있던 호위검사였다. 머리를 한 갈래로 묶은 호위검사는 매서운 살기를 번뜩이며 내게로 일 검을 날려 왔다.

괘씸죄라는 명목이다.

'제법 하는데.'

기합성도 없이 이 정도 검속이라면 중급 마물까지도 상대할 수 있을 것이다. 이런 실력자를 호위검사로 두고 있는 걸 보면 공녀의 지위는 만만한 게 아닐 것이다. 나는 가볍게 그 검을 피하며 검날을 손가락으로 튕겼다.

티잉.

"으윽!"

호위검사는 상체를 크게 젖히며 비틀거렸다. 그녀의 눈에는 믿을 수 없다는 기색이 가득했다. 그도 그럴 것이 검신을 손가락으로 튕겨서 물러나게 하는 것은 보통 불가능하기 때문이다.

공녀는 순식간에 눈앞에서 칼부림이 일어난 걸 보고도 태연한 표정이었다. 도리어 그녀의 눈이 싸늘하게 가라앉으며 말했다.

"대단한 실력자시군요. 그대는 정말로 하라바인의 첩자가 아닌 건가요?"

"나원참! 너희는 보자마자 사람을 첩자 취급이냐?!"

나는 답답해서 소리를 질렀다. 이건 정말 억울한 일이다. 성실하게 크렌도스 성의 경비병으로 근무한데다, 모험가가 되어서 불철주야 뛰어다니는데 상은 못 줄망정 오해나 받다니!

내 말에 공녀는 미안한 기색도 없이 팔짱을 꼈다.

"첩자가 아니라는 증거가 없잖아요."

"그럼 첩자라는 증거는 어딨는데."

"첩자같이 생겼어요."

"으아아아아아아!! 너 진짜 죽어 볼래?!"

공녀의 어거지에 나는 드디어 성질이 폭발하는 것을

느꼈다. 안 그래도 별로 잘생긴 얼굴이 아니라서 콤플렉스가 있었는데 외모를 걸고넘어지다니! 내가 열 받아서 살기를 폭출시키자 사위가 긴장감으로 얼어 버렸다.

상당한 실력의 여자 호위는 제대로 버텼지만, 옆에 서 있던 데카라비아는 아예 다리를 후들거리면서 주저앉아 버렸다.

"으흐흑…."

여자 시종들은 울먹이면서 주저앉아서 훌쩍거렸다. 그녀들의 심장이 멈추지 않은 게 다행이었다. 심지어는 몬스터들조차도 나와 눈이 마주치지 않으려고 했다.

의외로 공녀는 다부지게 입을 앙다물고는 똑바로 나를 노려보고 있었다. 검술을 단련한 것 같지도 않은데 대단히 기가 세다. 공녀는 잠시 후 입을 열었다.

"첩자가 아닌 것 같군요. 당신이 이 몬스터들을 제압한 것이군요."

갑자기 의견이 바뀌었다. 하지만 그건 내가 겁을 주었기 때문은 아니다. 그 사실은 이미 마인드 리딩으로 알고 있다. 나는 재미있어져서 살기를 늦추며 물었다.

"왜 그렇게 생각하지?"

"첩자라면 이렇게 섣부르게 살기를 내뿜진 않을 테니까요. 게다가 살기를 내뿜었다면 반드시 우리를 죽였겠지요."

"흐음."

일리 있는 말이다. 결국 공녀는 처음부터 내가 몬스터들을 제압한 걸 알면서도 첩자인지 아닌지를 시험한 것이다. 지혜와 강단이 데카라비아 따위와는 비교가 되지 않았다.

나는 그만 공녀에게 급격히 호감이 가는 것을 느꼈다. 지금까지 속을 알 수 없고 아름답기만 했던 여자들과 달리, 사람을 본능적으로 끌어들이는 무언가가 있었다. 나는 그 마음이 심장 깊숙이 자리 잡는 것을 느끼면서 말했다.

"내 이름은 J. S. 직업은 모험가다. 재밌는 걸 찾아서 세상을 돌아다니고 있지. 네 이름은?"

"이니셜 네임이군요. 본명이 뭔지 알 수 있을까요."

"음… 말할 수 없어."

나는 머리를 긁적였다. 내 이름이 J. S인 까닭은 내 부모님이 미신을 많이 믿었기 때문이다. 북부 크렌도스 성에는 한때 역병이 창궐해서 많은 사람들이 죽어 나갔고, 함부로 이름을 알려 주면 역귀가 잡아간다는 미신이 번져 나갔다.

그 믿음 때문에 이름의 주요 글자만 따서 짓는 이니셜 네임이 북부 일대에 유행했다. 5년 전 이래로 사라졌지만, 아직도 이니셜 네임을 지닌 사람은 곳곳에서 많이 볼 수 있다.

 내 본명은 알고 있지만 부모님 외에는 한 명을 제외하곤 말한 적이 없다. 말하는 순간 역병의 저주가 덮쳐 온다는 믿음 때문이다. 꼭 그게 아니라도 괜히 본명을 타인에게 말하는 건 거부감이 느껴졌다.

 공녀는 미미하게 고개를 끄덕이더니 자기소개를 했다. 진짜 귀족의 기품이란 게 느껴지는 정중한 인사였다.

 "저는 이 폴커 왕국의 3대공작인 칼 폰 린네 대공작의 장녀 적손이자, 왕위 후계 서열 9위인 아이리츠 폰 린네입니다. 현재는 문부대신 밑에서 제사 의식의 행사를 돕고 있습니다."

 "웃."

 이거 큰일 났네.

 나는 말을 듣는 순간 머리가 지끈거리는 게 느껴졌다. 내가 아무리 시골 경비병 출신이라지만, 폴커 왕국을 실질적으로 지배하는 3대공작이 누구인지는 알고 있다. 그중에서도 칼 폰 린네라고 하면 전대 폴커 국왕의 사촌동생으로, 지닌 권력이 막강하기 짝이 없었다.

 이미 공국을 세워서 독립해도 이상할 게 없는 인물이었지만 어찌 된 일인지 계속해서 왕국에 충성하고 있었다. 그런 칼 폰 린네의 장녀라면 말 그대로 고귀한 핏줄

중에서도 특별하다.

'이거 엄청난 녀석을 만나 버렸네.'

아이리츠 앞에서 데카라비아가 꼼짝 못한 것도 이해가 갔다. 한낱 상급 기사인 데카라비아가 아이리츠에게 잘못 보였다간 직위는 물론이고 목숨이 위태로울 것이다.

난 혹시나 하는 마음에 물었다.

"혹시 왕궁에 지금 훅스 씨가 와 있어?"

"훅스 씨라고 하면… 전대 워로드이신 훅스 마라우제 사령관님을 말씀하시는 것인지?"

"어. 그 아저씨 말고 또 있나."

내 말에 아이리츠는 물론 데카라비아, 시종들 모두가 휑한 표정을 지었다. 그들이 보기에는 훅스 씨를 아저씨라고 부르는 녀석이 제정신이 아닐 것이다.

하지만 훅스 씨는 이미 아저씨라고 불러도 좋다고 허락한 바가 있다. 본인이 괜찮다는데 제3자가 뭐라고 할 문제가 아닌 것이다. 공녀는 살짝 당황한 표정을 짓더니 자신의 이마를 짚었다.

"…그대가 몬스터를 잡은 공이 없었다면 왕궁 침입죄, 귀족불경죄, 왕궁 내 무기소지죄, 왕족 능멸죄, 첩자 의심까지 합쳐서 능지처참이었겠군요."

이 녀석, 태연한 얼굴로 잘도 무서운 이야기를 한다.

"그래? 지금은 뭔데?"

"봐 드리겠습니다. 우선은 저와 함께 쉐레드 왕자님께 가시죠."

"진작 그렇게 말할 것이지."

나는 투덜거리면서 아이리츠 공녀의 뒤를 따라서 걸어갔다. 나는 멈칫하고는 몬스터들에게 텔레파시를 가볍게 걸었다.

―만일 도망치거나 난동 부리면 모두 내 손에 죽는다.

"크르르륵!!"

무리의 대장격인 트롤이 공포에 물든 눈으로 급히 고개를 끄덕였다. 데카라비아가 멍한 표정을 지었지만 우리 사이의 대화를 알아들을 리가 없었다. 나는 그렇게 뒤처리를 데카라비아에게 떠넘긴 채 아이리츠를 따라갔다.

아, 또 막상 저지르고 보니 약간 후회가 남는다. 조금만 더 냉정하게 대응할 수 있으면 얼마나 좋을까. 그런 생각을 하면서도 쉐레드 왕자와의 만남을 기대하는 나 자신을 발견해 버렸다.

'한심하군.'

이래서야 모험심에 미쳐 있는 얼간이와 다를 게 없다. 그렇지만 가슴이 두근거리는 건 어쩔 수 없다. 나는 처음부터 이 두근거림을 위해서 모험을 시작한 것이다.

아이리츠와 함께 왕궁 내를 가로질러 걸어가다 보니

여기저기에서 귀족과 시종들이 보였다. 폴커 왕국은 수도 귀족보다 성주의 권력이 더 강력한 나라라서, 귀족이라고 해도 그리 대단한 위엄은 아니었다.

도리어 중간에 마주치는 귀족들은 저마다 아이리츠에게 고개 숙여 인사하며 예를 표했다. 무려 열 명을 마주쳤는데도 아이리츠가 먼저 고개를 숙인 적은 한 번도 없었다. 고작해야 십대 후반의 소녀일 뿐인데!

'우와, 대단하네.'

나는 혀를 내두르며 그 장관을 뒤에서 구경했다. 사람들은 나를 그저 새로운 호위무사로 생각하는지 별로 신경 쓰지 않는 기색이었다.

그때였다.

"호오. 자네가 여기는 웬일인가?"

나는 목소리가 들려온 쪽으로 고개를 돌렸다가 그만 얼어 버리고 말았다.

"헉."

목소리의 주인공은 내 인생에서 가장 존경하는 인물이었다. 설마 이런 곳에서 마주칠 줄은 몰랐는지라 목소리가 떠듬떠듬 흘러나왔다.

"…그, 그간 잘 지내셨습니까?"

"음. 잘 지냈네."

도저히 믿을 수가 없다.

빙긋 맑은 웃음을 짓고 있는 것은 크렌도스 성의 수호신으로 불리며, 골든프릭스 용병단의 일원으로 전 세계에 인정받고 있는 에서론 자작님이었다!

 에서론 자작님은 처음 봤을 때와 달라진 게 없었다.

 깎아지른 듯한 외모에 턱 선을 따라 기른 엷은 수염. 거기에 뚜렷한 이목구비에 마치 물결 같은 머리카락. 완벽하게 균형 잡혀 있는 몸은 누구나 감탄성을 터뜨릴 정도다.

 나는 느닷없이 에서론 자작님을 만난 게 믿기지 않아서 눈만 끔벅거렸다. 그때 상황을 지켜보던 아이리츠가 도중에 끼어들었다.

 "에서론 자작님. 이자와 아시는 사이인가요?"

 자작이라고 하면 귀족 계급 중에는 가장 낮은 편이다. 아까 마주쳤던 귀족들 중에 남작, 백작이 심심찮게 있었던 걸 생각하며 아이리츠의 태도는 상당히 정중했다.

 에서론 자작님은 고개를 끄덕이며 말했다.

 "으음. 나와는 친분이 있는 사이라오. 지금은 중요한 임무를 맡고 움직이고 있으니 함부로 그를 방해하지 마시게."

 "아… 그렇군요."

 아이리츠는 에서론 자작님의 말에 수긍했다. 아무래도

아이리츠라고 해도 함부로 에서론 자작님을 무시할 수는 없는 모양이다.

'고맙습니!'

나는 에서론 자작님의 도움에 크게 감격했다. 이런 곳에서까지 세심한 배려를 해 주다니 역시 내가 존경하는 사람이었다. 만일 그 말이 아니었다면 나는 계속해서 이상한 사람 취급을 받았을 것이다.

실제로도 아이리츠가 나를 바라보는 눈이 조금 달라져 있었다. 지금까지는 그저 수상한 자라고 생각했다면, 지금은 비밀요원으로 생각하고 있었다. 거리가 조금이나마 줄어든 것 같아서 다행이었다.

나는 언제고 귀향해서 에서론 자작님께 은혜를 갚기로 작정했다. 남자가 한 번 빚을 졌으면 반드시 갚아야만 하는 것이다.

문득 궁금한 게 생겨서 아이리츠에게 물었다.

"에서론 자작님은 왜 왕궁에 와 계신 거지?"

아이리츠는 아까보다는 다소 호의적으로 대답했다.

"전쟁 중이에요. 크렌도스 성은 최전방이 아니기 때문에 잠시 왕궁에서 기사들의 훈련을 맡아 주고 계십니다."

"그렇군."

자존심과 실력이 높기로 유명한 왕궁기사들을 훈련시

킬 정도면 에서론 자작님의 무명(武名)이 극에 달했다는 뜻이다. 명목상으로 자작일 뿐 이미 폴커 왕국 내에서 최강의 검사나 마찬가지였다.

한참을 더 걷다 보니 상당히 광활한 건물이 눈에 보였다. 특이하게도 여기서부터는 사람들의 인기척이 거의 눈에 띄지 않았다. 건물 안에 들어서자 사방이 쥐 죽은 듯이 고요했다.

꽈배기처럼 긴 계단을 걸어서 3층 층계참을 걸어 올라간 아이리츠가 거대한 참나무 문을 노크했다. 건장한 남자도 힘들 법한데 힘든 기색 하나도 없었다.

똑. 똑. 똑.

세 번의 노크가 끝나자 안쪽에서 말이 들려왔다.

"들어오너라, 아이리츠."

"배알을 허락해 주신 것에 감사합니다."

아이리츠는 방 안으로 들어서며 고개를 꾸벅 숙였다. 다른 시종들도 덩달아서 깊게 숙이는 바람에, 나도 분위기를 타서 어정쩡한 자세가 되어 버리고 말았다.

고풍스럽고 고즈넉한 방 안에는 큰 책상이 하나 놓여 있었다. 의자에 앉아 있는 인물은 아이리츠와 마찬가지로 금발에 홍옥 같은 눈동자를 하고 있었다. 마치 일에 찌들어 있는 것 같은 표정을 짓고 있어서 수척해 보였다.

하지만 대단한 미남으로, 시스테마인 정도나 그 청년에게 비교할 수 있을 것 같았다. 좀 더 둥글둥글하지만 어리고 귀여운 동안 외모였다. 실제 나이는 20대 중반 정도로 보였다.

그 인물은 나를 힐끔 바라보더니 아이리츠에게 물어보았다. 내 정체가 신경 쓰이는 모양이다.

"그자는?"

"왕궁 지하로 침투해 오던 하라바인 제국의 몬스터 병단을 제압한 모험가입니다. 저는 문부대신의 보조로서, 신상필벌을 확실히 하기 위해서 전하를 알현하러 왔습니다."

"호오. 그렇구나."

놀라워하는 표정을 짓던 청년은 허공을 향해서 나직하게 말했다. 마법 기구가 장치되어 있어서 누군가에게 바로 연락이 가도록 되어 있는 구조 같았다.

"왕궁 지하로 적이 침투한 사실을 보고 받은 적 있나? 뭐라고 없다고? 실망이군, 그란덴 장군…. 이미 사건이 발생한 지 20분이 넘도록 자네가 그 사실을 모른다는 소린가. 됐네. 앞으로 잘 하도록 하시게."

그러고는 곧장 다른 사람에게 연락을 했다.

"블라스팅을 불러 주게. 바쁘다고 하면 억지로 부르지는 말게."

"……."

"아, 기다리게 해서 미안하군. 이 자리에 있다 보면 이것저것 쓰잘데기 없는 일이 많아서 말이야. 뭐 사소한 일쯤은 유능한 대신들이 처리해 줄 걸세."

나는 불길한 예감에 사로잡혔다. 공녀라는 지고한 신분을 지닌 아이리츠가 '전하'라고 부르며 존대할 인물. 장군씩이나 되는 인물에게 하대를 하며 갈굴 수 있는 인물. 그런 자는 이 폴커 왕국에 단 한 명뿐이다.

아니나 다를까, 상대는 빙긋 웃으며 내게 말했다.

"반갑네, 모험가. 내가 현재 국왕 폐하를 대신해서 폴커 왕국을 운영하고 있는 쉐레드 국왕 대리일세."

제5장
작전 라그나로크

역시나.

나는 졸지에 왕세자를 만나 버리게 되자 황당해져 버렸다. 대천문으로 이동하자마자 순식간에 사건에 휩쓸려 버리고 있는 것이다. 이게 차라리 분기로 꾸며진 일이라고 믿고 싶을 정도다.

나는 얼떨결에 마주 인사했다.

"아, J. S라고 합니다."

어쩌지. 왕실예법에 하나도 안 맞는 것 같다. 아이리츠는 아무 반응도 없었지만 뒤쪽에서 시종들이 째려보는 살기가 보통이 아니다.

"으음? 자네가?"

뜻밖에도 쉐레드 왕세자는 안색이 달라지면서 나를 아는 듯한 태도를 보였다. 아니 내가 뭘 했길래 왕세자가 날 아는 척하는 거지? 쉐레드 왕세자는 곧 털털하게 웃으면서 말했다.

"그렇군. 블라스팅과 훅스에게 이야기는 많이 들었네. 불철주야 세계를 뛰어다닌다고 고생이 많군."

"아, 예에…."

나는 그제야 감을 잡을 수 있었다. 훅스는 물론이고 블라스팅도 쉐레드 왕세자와 친한 사이다. 신분의 격차를 넘어선 친분인 것이다. 당연히 내 소식은 그들을 통해서 왕세자 귀에 흘러들어 갈 수밖에 없었다.

쉐레드 왕세자는 흥미로운 표정을 지었다.

"내가 들은 대로라면, 지금의 자네는 서방 사대검호에 필적하는 힘을 가지고 있을 거야. 내 말이 맞나?"

어라. 그 두 사람이 나를 그렇게까지 높게 평가했다고? 나를 못 잡아먹어서 안달인 블라스팅이나, 나를 애송이로만 취급하는 훅스 씨가 그렇게 말했다는 게 믿겨지지 않는다.

"음, 뭐, 그 두 사람한테 들은 거라면 아마 맞을 겁니다. 아마…."

나는 왠지 자신이 없어져서 말꼬리를 흐렸다. 훅스 씨와 블라스팅이 나에 대해 무슨 말을 했는지 못내 신경 쓰였다. 무슨 말을 했길래 쉐레드 왕자가 저렇게 기대 넘치는 눈으로 바라보는 거야.

옆에 있던 아이리츠의 시선은 완전히 신기한 동물을 보는 듯한 것으로 바뀌어져 있었다. 하긴 그녀 입장에서는 쉐레드 왕세자까지 나를 알고 있으니 호기심이 생길 수밖에 없다.

잠시 팔짱을 낀 채 생각에 잠겨 있던 쉐레드 왕세자가 천천히 입을 열었다. 왕이라고 해도 믿을 법한 위풍이 느껴졌다.

"이번에 왕궁의 위기를 구해 줘서 진심으로 감사를 표하는 바이네. 원하는 것이 있다면 내 능력이 닿는 한에서 뭐든지 하나 정도는 들어주겠네."

"오라버니!!"

아이리츠가 깜짝 놀라서 쉐레드 왕자를 불렀다. 여기에 들어온 다음에도 줄곧 전하라고 부르며 예를 갖췄던 아이리츠답지가 않았다. 그 정도로 쉐레드 왕자의 제안은 파격적이었다.

귀족 작위를 원한다면 작위를, 돈을 원한다면 돈을. 현재 국왕 대리인 쉐레드의 권능은 가히 상상을 초월했다. 그의 입으로 소원을 들어주겠다고 했으면 엄청난 일이다.

하지만 막상 생각을 해 봐도 마땅히 생각나는 게 없었다. 나는 생각에 골몰했지만 그래도 마찬가지였다. 두 사람의 시선이 신경 쓰이면서도 여전히 머릿속이 턱턱 막혀 있었다.

작전 라그나로크 215

'뭐지? 뭘 달라고 하지? 뭐가 필요하지?'

귀족 작위는 별로 필요 없다. 앞으로 모험가로 살아갈 테니까. 마찬가지로 돈도 필요 없다. 드래곤 레어 몇 개만 찾아내면 단숨에 갑부가 될 수 있으니까.

하다 못해서 절세미녀나 으리으리한 저택을 생각해 봤지만 끌리지 않았다. 내가 이렇게 바라는 게 없었나, 하고 생각될 정도였다. 모험을 시작할 때는 분명히 물욕이 철철 흘러넘쳤는데!

나는 잠시 후 곤혹스러운 표정을 지으며 말했다.

"어, 없네요. 지금 제가 바라는 건 없습니다."

"……."

"……."

잠시 동안 실내에 침묵이 흘렀다. 그제야 나는 내가 무슨 말을 했는지 깨달았다. 실질적인 국왕이 소원을 들어주겠다고 했는데도 일개 평민이 내팽개쳐 버린 것이다.

'당신 뭐하는 사람인가요?'

지금 아이리츠의 생각이었다.

미안. 나도 내가 누군지 모르겠네.

아이리츠는 아예 기가 막힌 듯한 눈으로 나를 바라보고 있었다. 나는 멋쩍어도 연신 시선을 다른 곳으로 돌렸다. 계속 침묵하고 있던 쉐레드 왕자가 이윽고 천천히 고개를 숙였다.

"필요 없단 말이지…."
"네…."

재차 침묵이 감돌았다. 나도 아이리츠도, 시종들도 이 어색한 침묵을 견딜 수 없어서 이마에 땀이 났다. 쉐레드는 잠시 몸을 떠는 것 같았다.

"우— 핫하하하하하!!"

그러더니 점차 고개를 들면서 파안대소했다.

"필요 없다고 했어!! 후하하, 정말 듣던 대로 재밌는 친구야! 아하하하하하하하!!"

쉐레드 왕자는 나중에는 눈물마저 찔끔거리면서 웃어대었다. 사람이 감정의 앙금을 남기지 않고 시원하게 웃는다는 게 이런 거라고 보여 주는 것 같았다. 뜻밖의 반응에 장내에 있던 모든 사람이 굳어서 움직이지 못했다.

"아핫. 핫… 하하하… 잠깐…."

눈가의 눈물을 닦으며 웃음을 멈추던 쉐레드 왕자가 곧 장난기 어린 미소를 지었다. 그는 심술궂은 어조로 내게 말했다.

"내가 알기로 자넨 평민인데도 이런 제안을 거부하는군. 후환이 두렵지도 않나?"

"뭐, 두렵죠."

정곡을 찔렸지만, 나는 대수롭지 않게 대답했다. 일이 이렇게 된 이상 속 시원하게 말해 버리고 만다.

작전 라그나로크 217

"하지만 그렇다고 없는 소원을 빌어 봐야 전혀 기분 좋지 않잖아요. 소원을 들어준다고 한 사람에 대한 예의도 아니고. 전 그냥 생각한 대로 말했을 뿐입니다."

"기분… 기분이라."

넋을 잃은 듯 그 말을 반복하던 쉐레드 왕세자의 얼굴에 생기가 돌았다. 그 모습에서 악의는 느껴지지 않았다. 잠시 후 쉐레드는 다시 진중한 얼굴로 돌아오더니 말했다.

"결정했어."

뭘 결정했다는 걸까.

"자네에게 [라그나로크] 작전을 맡기도록 하지. 누군가가 이의를 제기한다면 내게 직접 말하도록 하게."

"네?"

무슨 소리야.

"오, 오라버니!!"

이번에야말로 아이리츠가 화들짝 놀라서 외쳤다. 안색이 새하얘졌을 정도였다. 시종들은 무슨 말인지 몰라서 눈만 멀뚱거리고 있었다. 쉐레드는 그런 아이리츠의 반응을 상관하지 않고 후후 웃더니 시종들에게 명령했다.

"너희는 물러가라."

"네. 알겠나이다, 전하."

시종들은 가타부타 말도 없이 물러가 버렸다. 이제 장

내에는 우리 셋밖에 남지 않았다. 쉐레드가 시종들이 나가자마자 아이리츠에게 말했다.

"뭔가 하고 싶은 말이 있느냐."

그러자 아이리츠는 단호하게 나서서 말했다. 방금 전까지 보여 줬던 정중한 태도와는 전혀 달랐다. 이게 사석에서의 대화인 것이다.

"그건 안 돼요! 저의 부친이신 린네 공작께서도 왕국의 사활을 걸고 준비하고 계신 일입니다. 이번 작전이 실패하게 되면 몇 개의 성이 함락되는지 아시는 건가요?"

뭔가 대단한 계획인 것 같다. 그리고 아이리츠의 말에서, 폴커 왕국이 하라바인 제국에 밀리고 있다는 사실을 알 수 있었다.

"아이리츠. 그렇기에 나는 그를 쓰고 싶은 것이다."

쉐레드는 심연한 눈으로 나를 바라보았다. 쉐레드는 딱히 마법도 익히지 않았지만 그 눈빛에 현기가 감돌고 있었다.

"사방신의 수하들과 정면으로 싸우면서도 번번이 그들의 계획을 무산시켰다. 게다가 전대 워로드인 훅스 마라우제와, 왕국 최고의 발명가인 블라스팅이 동시에 추천한 인물이다. 이보다 더 적합한 인물이 어디 있단 말이냐?"

"……."

듣고 있다 보니 얼굴이 다 화끈거린다. 이렇게까지 얼

굴에 금칠이 된 적은 없어서 더욱 그렇다. 단지 겉으로는 무표정을 유지하고 있어서 들키지는 않았다.

아이리츠는 잠시 망설이다가 말했다.

"…하지만, 이자는 평민입니다. 실력이 어떻든 간에 자존심 높은 기사와 마도사들은 명령을 듣지 않을 게 뻔해요."

"그야 그렇겠지. 명문 귀족가의 적손이나 천재 마법사들도 섞여 있으니까, 아무리 실력이 있어도 일개 평민의 말은 안 들을 거다."

쉐레드는 여상한 얼굴로 아이리츠의 말에 동의했다.

나도 그렇게 생각한다. 천하에 두려울 것 없는 귀족의 자손과 마도사들이 뭐 때문에 나 같은 전직 경비병의 명령을 듣겠는가? 작전이 뭔지는 몰라도 터무니없는 일이다.

'가 봐야겠군.'

이야기가 텄다고 생각하며 내가 슬며시 나갈 뜻을 비치려 할 때였다. 고민하던 쉐레드 왕자가 청천벽력 같은 말을 했다.

"그러면 이렇게 하지. 이 시간부로 나 쉐레드 국왕 대리는 평민 J. S에게 자작위를 수여하도록 하겠다. 이 수여 의식은 폴커 왕국을 지키는 신룡의 권능으로 엄수한다."

나는 순간 귀를 의심했다.

이건 또 무슨 말이야? 서, 설마….

그 말이 끝나자마자 아이리츠가 발작하듯이 외쳤다. 말 그대로 국왕대리만 아니었으면 쉐레드 왕자를 갈기갈기 찢어 버릴 듯한 기세였다.

"아악! 오라버니이이!!! 제정신이십니까아!!!"

헉!

나는 그제야 상황을 파악할 수 있었다. 믿기지 않는 일이지만 방금 전에 나는 귀족이 된 것이다. 그것도 30년 전 이후로 시행된 적이 없다는 왕족의 직접 수여로 귀족이 되었으니 누구도 정통성에 의심을 하지 못한다.

'이럴 수가.'

설마 쉐레드 왕자가 이렇게까지 나올 줄은 몰랐다.

귀족 작위가 주어지는 데는 세 가지 방법이 있다.

하나는 혈통으로 물려지는 귀족 직위를 물려받는 것. 이건 귀족들의 나이가 성인이 되면 당연한 듯이 왕도 필리아딘으로 몰려가서 받는 것이다.

두 번째는 전쟁이나 기타 방면에서 뛰어난 공적을 세워서 왕궁에 등용되는 것. 평민이 귀족이 될 수 있는 방법이지만, 인정받기란 하늘의 별 따기로 알려져 있었다.

세 번째는 왕권 서열 2위 이하의 인물이 직접 귀족 직위를 수여하는 것이다. 이유도 명분도 필요 없다. 그냥 귀족이 되는 것이다.

그러나 세 번째 방법으로 귀족직을 수여할 경우, 왕권을 수여한 왕족은 정적(政敵)들에게 큰 타격을 입는다. 합당한 이유도 없이 귀족직을 남발했다는 이유로 왕족의 권능을 박탈당한 경우도 역사에 있었다.

'으아. 당신 미친 거 아냐?'

나는 그만 왕자의 모험심에 기가 질려 버렸다.

쉐레드 왕자는 아직 왕이 아니라 국왕 대리일 뿐이다. 이 사실이 알려지면 힘겹게 얻어 낸 왕세자 자리가 한순간에 박탈당할 가능성이 높았다. 그렇기에 아이리츠가 반쯤 눈이 까뒤집혀 버린 것이다.

발광하는 아이리츠를 무시한 쉐레드 왕세자가 빙긋 웃으면서 나를 쳐다보았다. 한없이 순진무구하지만 두려운 미소였다.

"작전을 맡아 줄 거지? J. S 자작."

"……."

이건 거절하면 천하의 개쌍놈이 되는 상황인가!

한숨을 내쉬며 쉐레드 왕세자를 들볶던 아이리츠도 나를 정면으로 노려보고 있었다. 거절하면 절대 가만두지 않겠다는 기세였다.

나는 뜻하지 않게 일에 말려들어서 꽁꽁 묶여 버렸단 사실을 깨달았다. 아무래도 이 일을 제대로 해결하지 못하면 모험은 물론, 앞으로의 여생이 위험해질 것 같은 예감이 들었다.

나는 결국 고개를 끄덕였다.

"하겠습니다."

똥 밟았다.

작전이 뭔지도 모르는데 맡겠다고 나서야 한다니, 세상에 이런 웃긴 상황이 어디 있으랴. 하지만 상대가 자신의 목숨을 걸고 부탁한 것과 다름이 없는 일이니 절대 거절할 수가 없다.

"후후후후후."

쉐레드 왕자는 계획대로! 라는 듯한 악독한 미소를 짓고 있었다. 나는 그제야 그 영악한 블라스팅이 쉐레드 앞에서 온순해지는 이유를 알 수가 있었다.

'그랬구나.'

자기보다 더 악독한 인간을 만나 버린 것이다.

불쌍한 블라스팅.

나는 그날은 숙소를 받아서 편하게 쉬게 되었다. 쉐레드 왕자가 내게 작위를 내린 사실은 내일이 되어야 알려질 것이다.

하급 귀족이 쓰는 빈 처소 하나를 받아서 짐을 풀자, 생각보다 내가 들고 다니던 짐이 많았다. 생각해 보니 쓰지도 않으면서 괜히 들고 다니던 생필품이 많았다.

"이젠 부상약은 필요 없지."

우선 약을 다 뺐다. 가슴에 구멍이 뚫려도 1분 내에 재생되니 필요할 리가 없다. 그래도 소독약이 있으면 나쁠게 없어서 넣어 두었다.

그리고 비상식량도 빼 두었다. 레벨이 높아지고 퀸틸리온을 획득하면서 일주일 정도는 아무것도 안 먹어도 쌩쌩하다. 그래서 의미가 없다.

침낭만은 계속 들고 다니기로 했다. 아무리 그래도 딱딱한 바닥에 누워 자는 건 싫다. 마법으로 매트를 만들 수도 있지만 귀찮은 노릇이다. 그렇게 짐을 줄이다 보니 무게가 절반 이하로 줄어들었다.

나는 짐을 정리하던 중에 멈칫했다.

방 안에 있는 거울이 눈에 보였다. 나는 그 모습에 비친 내 모습을 보고 하릴없이 멍해졌다.

"……"

딱히 모습이 변한 것도 아니다. 괴물이 된 것도 아니고 천사가 된 것도 아니다. 잘생겨지지도 추해지지도 않았다. 인상이 사나워지지도 않았다. 나는 언제나 나, 그대로였다.

그런데 나는 왜 변화 없는 이 얼굴을 하염없이 바라보고 있는 것일까. 봐도 기분이 좋아지지 않고, 아무런 의미 없는 일인데.

문득 왜 그런지 이유를 깨달아 버리고 말았다.

"나는."

입 밖으로 새어 나오려는 말을 꾹 하고 참았다. 더 이상 말했다가는 소중한 무언가가 부서질 것만 같다. 내가 나 자신의 마음을 깨달아 버렸기 때문이다.

나는 간만에 따뜻한 물로 샤워를 한 후 아늑한 침대 위에 누웠다. 노숙을 할 때와는 천지 차이였다. 지금이라면 누가 시키지 않아도 잠이 소르르 와야 당연한 일이다.

하지만 잠이 오지 않아서 그저 건물 천정만 멀뚱히 바라보았다. 뒤통수에 두 손을 밀어 넣었다. 어쩐지 이상할 정도로 잠이 오지 않는다.

한참 후에 나는 입을 움작거렸다.

나는, 더 이상 변하기 싫다.

하지만 끝내 그 말을 입 밖으로 낼 수는 없었다. 나는 그 사실을 후회하고 짜증 내면서도 결국 마음을 다잡지 못했다.

그렇게 어거지로 하루의 새벽이 저물어 갔다.

아침에 일어나자마자 새벽같이 왕세자의 집무실로 향했다. 왕세자가 작전에 대해 설명할 게 있으니까 나 혼자 몰래 오라고 전날에 말한 것이다.

뭐, 가면 결사대 전원이 기다리고 있을 것 같다. 내가 왕세자라면 왠지 그렇게 할 것 같은 예감이 들었다.

어제 봐두었던 조그마한 소로를 따라서 걸어가고 있을 때였다. 길 앞쪽에서 이상한 투기가 느껴져서 이상하게 생각했다.

'누가 이런 아침부터 살기를 뿜는 거야?'

마치 나를 의식하고 멈춰 주기를 바라는 것 같다.

검사로서 일류의 경지를 넘어서면 몸이 자연스럽게 사물의 살기를 느끼고, 자신이 뿜어낼 수 있게 된다. 그 경지가 높으면 높을수록 사람들의 반응을 자유자재로 조절할 수 있었다.

경우에 따라서는 기세만으로도 사람을 죽일 수 있다.

이 정도로 강렬한 투기를 흘릴 수 있다면 틀림없이 대단한 실력자다. 나도 키타론과 싸울 때나 이 정도 경지에 진입했기 때문이다. 내가 호기심을 느끼고 전방으로 천천히 걸어갔을 때였다.

왕세자의 청사로 가는 길목을 막고 걸터앉아 있는 한 명의 청수한 이목의 소년이 있었다. 아닌 게 아니라 마치 물(水)을 연상시킬 정도로 부드럽고 막힘이 없는 기도의 소유자였다.

녀석의 무기는 한 자루의 도였는데, 바라보는 것만으로도 한 줄기의 냇물이 흐르는 듯한 청량감이 느껴졌다.

그것은 소년의 무기와 마음가짐이 일체가 되었다는 뜻이다.

'이야. 훌륭하다.'

나는 순수하게 상대의 실력에 감탄했다. 도무지 저 녀석의 약점을 찾을 수 없었다. 나는 그 경지가 정말 대단하다는 것을 직감하고 녀석의 레벨을 관찰했다.

서드 프릭스

Lv. 24 인세인블레이드
Lv. 13 소더러
Lv. 10 동방예검사

"……."

이 자식, 검술만으로는 나를 훨씬 뛰어넘는다!

설마 왕궁에서 이런 고수를 보게 될 줄이야.

잘 보면 붉은 머리에 안대를 차고 있는 꽁지머리다. 나이는 이제 겨우 16~18 정도로 보인다. 물 같은 기도를 유지하는데 머리카락은 붉은색이라니 신기했다.

저렇게 보여도 한 번 검을 뽑으면 대륙에서 당해 낼 자가 드물 정도다. 아마 소드 오오라(Sword Aura)도 뽑아 쓸 수 있지 않을까?

 훅스 씨 정도라면 저 녀석보다 한 수 위일 것이다. 그렇다 해도 훅스 씨가 방심하면 당할 수도 있다.

 이게 말로만 듣던 검술의 천재라는 건가?

 '근데 왠지 낯이 익네…'

 나는 고개를 갸우뚱했다. 어째 정말 많이 본 얼굴이지만 잘 기억이 안 난다. 내가 기억을 떠올리고 있을 때 서드 프릭스가 싱긋 웃으면서 다가왔다.

 "이야 반갑다! 나는 쉐레드 왕세자님 직속의 언더 소드맨즈(Under Swordmans) No. 25라고 해. 25명 중에서 25등이라구? 아하하. 잘난 체하고 상경한 것 치곤 출세도 못 했어. 정말 지금은 네 얼굴 보기 부끄럽다, J. S."

 "어?"

 나는 뜬금없이 친한 척하는 녀석이 수상쩍게 느껴졌다. 게다가 언더 소드맨즈라는 기사단은 태어나서 들어 본 적도 없다.

 차라리 수도 제1기사단이나 골든 휨버, 실버 호크 같은 기사단은 대충이라도 알고 있다. 왕자 직속의 기사단이 따로 있다는 말은 들은 적 없다.

 내가 불신 어린 눈으로 그를 바라보자, 자칭 No. 25는 입맛을 쩝 하고 다시며 말했다.

"뭐 오랜만이라서 좀 그렇지만 이해해 줘라. 나도 사정이 있어서 가명을 쓰고 다니는 거니까, No. 25로 불러 주면 고맙겠다."

"응?"

"부탁이야, 지신."

"……!!"

나는 그야말로 헉 소리가 나올 정도로 놀랐다. 보통 놀라는 것과는 비교가 되지 않았다. 내 이니셜네임인 J. S가 아니라 본명인 [지신]을 알고 있다니!

철컹.

나는 반사적으로 손을 내려서 이누타브 블레이드를 뽑았다. 그와 동시에 상대도 자신의 허리춤에서 도를 흐르듯이 뽑았다. 먼저 뽑은 것은 나였지만 미묘한 차이로 녀석의 발도가 앞섰다.

상대의 실력이 나보다 한 수 위라는 증거다. 서드 프릭스는 아차 하더니 씁쓸한 얼굴을 했다.

"아, 미안해. 반사적으로 뽑는 습관이 생겼어."

"넌 누구야?"

"넌 누구라니…."

녀석은 어리둥절해하더니 말했다.

"나야. 서드라고."

"서드!"

그 순간, 내 기억이 폭발적으로 치솟아올랐다. 그것은 내가 어렸을 적, 마음속에 큰 충격을 받게 된 계기였다. 그 날 이후로 서드에 대한 기억은 내 가슴속에서 지워 버린 것이다.

내 인생에 유일한 진짜 친구.

서드와 나는 아주 어렸을 때부터 동네에서 같이 자랐다. 나는 부모님이 있었지만 서드는 부모님이 없었다. 그래도 우리 둘은 성격이 잘 맞아서 같이 놀러 다녔다.

그러던 어느 날 나는 서드가 피투성이가 되어서 쓰러진 것을 발견했다. 무슨 일인지 물었지만 서드는 가족의 일이라고만 할 뿐이었다.

그리고 마침내 일은 벌어져 버렸다.

서드가 웬 정체 모를 복면 남자에게 얻어맞고 있는 모습을 내 눈으로 똑똑히 목격한 것이다. 나는 서드를 구하기 위해서 달려들었지만 도리어 내 목이 베일 위기에 처했다.

그때 서드가 따라가겠다면서 울부짖었다. 그건 순전히 나를 살리기 위해서였다.

그러자 복면남자는 나를 죽이려던 걸 멈추고 서드를 데려갔다. 나는 죽을 뻔했다는 충격과, 서드를 구하지 못했다는 자책감 때문에 무미건조한 삶을 살아왔다.

어쩌면 모험을 하고 싶다는 생각 한 켠에는 서드를 다

시 만나고 싶다는 마음이 있었을지도 모른다. 내가 태어나서 부모님 이외에 본명을 가르쳐 준 것은 서드뿐이었기 때문이다.

"……."

내가 멍하니 서드를 바라보고 있자, 서드는 히죽하고 웃으면서 자신의 도를 거뒀다. 그러고는 어깨에 턱하고 손을 올렸다.

"벌써 10년이나 지났네. 그동안 잘 지냈냐."

뭐? 잘 지냈냐고?

네 녀석을 그때 구하지 못한 자책감 때문에 10년이나 마음속에 응어리를 지고 살았는데, 고작 한다는 말이 잘 지냈냐는 말이냐.

"너… 이 자식."

나는 이를 악물었다. 눈가에서 눈물이 핑 돌 것 같았다. 그나마 모험을 하며 익힌 자제심이 아니었으면 당장 눈물을 흘렸을 것이다. 나는 어거지로 감정을 눌러 참으면서 충혈된 눈으로 외쳤다.

"어디 갔다가 이제야 코빼기를 보이냐!! 걱정했잖아, 임마!! 니 멋대로 사라지면 다인 줄 아냐!!!"

"미, 미안."

덥썩.

서드가 당황했지만 나는 서드의 멱살을 잡고 한쪽 손

을 들었다. 서드가 힐끔 곁눈질로 내 왼 주먹을 보았다. 나는 차마 분노를 삭이지 못하고 나직이 말했다.

"10년치를 모아서 전력으로 갈겨 주마. 참고로 진짜 죽을지도 모르니까 오러(Aura)를 다 끌어 모아서 막아. 안 그러면 죽는다."

"…그럴 거 같네."

서드는 나를 뛰어넘는 고수였다. 내 왼 주먹에 담긴 가공할 위력을 일찌감치 깨달았는지 신중한 표정을 지었다. 물론 내 힘으로 전력으로 갈긴다면 미스릴도 박살 나 버릴 것이다.

잘못하면 서드가 죽을 거라는 사실을 알면서도 나는 감정을 주체하지 못했다. 그러고는 십 년치의 감정을 담아서 최대한 [약하게] 때렸다.

공기가 일그러진다. 바람이 멈춰 버린다.

회전하는 주먹을 타고 언덕구릉을 함몰시켜 버릴 힘이 폭우처럼 내려꽂힌다. 단순한 스트레이트 펀치일 뿐이지만 강철 성벽도 박살 낼 위력이 담겨 있었다.

꽈과광!!

푸드드득.

마치 폭음과도 같은 굉음이 울리면서, 그 소리에 놀란 까마귀 떼가 동시에 날아올랐다. 내 주먹은 정확히 서드의 오른쪽 뺨에 꽂혀 있었다.

주르륵.

서드의 입에서 한줄기 피가 흘렀다. 그러더니 서드는 입안에서 핏덩이를 한 번 퉤엣, 하고 뱉어 냈다. 천진난만하게 웃는 모습은 마치 언제 맞았냐는 듯했다.

"이야, 강해졌구나. 진짜 몸 안의 오러를 다 끌어 모았는데도 내상(內傷)을 피하지 못했어. 이거 꽤 심각할지도~"

"……"

"야?"

"흐흐… 으허흐허허허."

나는 더 이상 참지 못하고 그 자리에 주저앉아서 미친 듯이 부여잡고 울었다. 내 멋대로 주먹을 갈겼는데도 이 녀석은 받아 내 준 것이다. 내가 울자 도리어 서드가 당황해했다.

"야, 야, 사내가 왜 울어. 왜 우냐고."

"흐허허허허헝…!!"

나는 미친 듯이 울었다. 모험을 시작하고 눈물 흘린 적은 있지만, 이렇게 울어 본 적은 처음이다. 나는 뺨으로 닭똥 같은 눈물을 뚝뚝 떨어뜨리며 울었다.

"울지 마, 임마. 동네 창피하게시리."

옛날처럼 정나미 없는 말투가 돌아와 있었다.

내가 왜 우냐고? 사내가 왜 우냐고?

친구가 살아 있어 줘서 기뻐서 운다. 이 개자식아!!

"억… 윽… 흐끅…."

하지만 목이 메어서 차마 욕지기가 목구멍 밖으로 튀어 나가지 않았다. 그날 이후로 미친 듯이 걱정했다. 그 복면 남자에게 살해당했을까 봐, 노예로 팔렸을까 봐, 일하다가 굶어 죽었을까 봐 계속 걱정했다.

그게 전부 나 때문이었다면.

그 10여 년간의 걱정과 죄책감이 한 번에 떨쳐 내리는 듯했다. 지난 십 년을 씻어 내는 회한의 눈물이 내 옷을 적셨다.

그 순간이었다.

'아!'

나는 처음으로 신의 존재를 마음속으로 믿게 되었다. 나도 모르게 마음속으로 신에게 감사하다고 말하고 있었다.

그 신은 분명히 사방신 같은 놈들이 아니었다.

어느새 모든 사람의 마음속에 보편적으로 존재하는 구원의 신이 내 마음속에 자리 잡고 있었다. 마음속에 있던 알이 깨지고 새가 날개를 펴는 모습이 눈앞에 그려졌.

훅스 씨가 말하던 게 이겁니까?

절대자의 존재를 믿고 싶다는 게 이런 것이었습니까?

…뭐 아무래도 좋다. 나는 깊게 생각하지 않았다. 그

대신에 내 감정에 충실하게, 잃어버렸던 친구를 얼싸안고 살아 있음에 감사했다.

"제기랄! 살아 있어 줘서 고맙다아아!!!"

태어나서 가장 신을 믿고 싶은 순간이다.

그리고 내 머릿속에 알 수 없는 문장이 떠올랐다.

[그 신의 이름은 무엇인지 너 자신이 정해라.]
[적어도 데우스 엑스 마키나만은 아니기를.]

…뭐지?

의문을 느꼈지만 곧 문장이 사라져서 신경 쓰지 않았다. 지금은 그런 게 중요한 게 아니다.

재회의 기쁨을 나누는 시간은 5분 정도였다. 나는 겨우 감정이 가라앉자 나는 방금 했던 행동 때문에 얼굴이 약간 화끈거렸다.

서드는 킥킥 웃더니 이내 말했다.

"소심하기는. 내가 옛날부터 말했잖아. 난 초천재라서 그렇게 쉽게 안 죽는다고."

"아, 그랬었지."

분명히 서드가 입버릇처럼 자기가 초천재라고 말하고 다닌 기억이 난다. 그때는 대수롭지 않게 생각했지만 그 호언장담은 사실이었다.

나처럼 레벨업 능력을 가진 것도 아닌데, 10년 동안 대륙 십대검호를 노릴 정도의 초고수로 성장하다니. 앞으로 10년 후가 두려워진다는 말을 쓸 수 있는 녀석이었다.

서드와 이런저런 얘기를 하다 보니 순식간에 10분이 지나가 있었다. 서드는 깜박했다는 듯 말했다.

"아! 앞으로는 나를 No. 25라고 불러 주라. 사실 본명은 아무한테도 밝히는 게 아니지만, 너는 이미 내 얼굴을 알고 있어서 밝혔다."

"그래. 그러마."

나는 고개를 끄덕이며 수긍했다. 그런 건 어려운 일이 아니다. 나는 서드가 숨기고 싶어 하는 것 같아서 언더소드맨즈에 대해서는 묻지 않았다. 대신에 녀석의 몸에 대해서 물었다.

"그런데 10년이나 지났는데 몸이 왜 아직 그래? 많이 굶어서 몸이 자라지 않았냐."

실제로 내 키에 비하면 20cm나 작다. 거기에다가 덩치도 많이 야위어 보인다. 근육질이라서 잘 드러나지 않을 뿐이다. 그래서 나이를 적게 볼 수밖에 없다.

그 말에 서드가 킬킬 웃으며 대답했다.

"난 동방에서 수행했으니까 빨리 성장했어. 그래서 빠르게 평신(平身)의 경지에 도달했을 뿐이야."

"엉?"

나는 서드의 말을 이해하지 못했다. 카르르기 덕분에 동방어의 기초는 이해하고 있었다. 그래서 평신을 동방 발음대로 발음할 수는 있다. 하지만 정작 단어의 뜻을 모르는 것이다.

서드가 말을 이었다.

"네 수준에서 한 발짝 앞으로 나아가면, 몸이 다시 젊어지거나 현재의 몸을 유지할지 선택하게 된다. 그 경지부터 완전히 소드오오라(Sword Aura)를 다룰 수 있게 되지. 나는 딱히 젊어질 필요가 없어서 평신을 선택한 거야."

"동방의 무술 이론은 기괴하네."

내가 단정짓자, 서드가 고개를 저었다.

"기괴한 거 아냐. 훅스 님과 에서론 님도 다 거쳐 간 과정이다. 두 사람 다 평신을 선택했지."

"평신의 반대는 뭐야?"

"동방어로 반로환동(反老換童)이라고 한다."

"흠."

해석하자면 늙은이가 뒤집혀서 아이와 바꾼다는 뜻이다. 이건 혹시 인신매매인가? 영 괴기한 그림이 그려져서 집어치웠다. 아무튼 젊어지는 흑마술을 생각하면 딱 적당할 것 같았다.

나는 문득 생각이 나서 말했다.

"그럼 뭐야. 훅스 씨랑 에서론 자작님의 모습은, 그 나이에 소드 오오라의 경지에 도달했다는 말이냐?"

"이해가 빠르네. 대체로 그렇다고 보면 돼."

훅스 씨는 상당히 늙은 모습이다. 그리고 에서론 자작님은 이제 30대 중반이지만, 겉모습은 20대 초중반을 유지하고 있다. 그 말대로라면 훅스 씨의 재능이 상당히 뒤떨어지는 편이다.

내 표정을 읽었는지 서드가 급히 말했다.

"대체로 그렇다고 했잖아. 그건 단순히 재능 문제가 아니야. 훅스 님은 네가 도달한 경지에서 오랫동안 정체해 있었을 뿐이야. 단지 운이 없었을 뿐이다."

"운이라고."

"그래. 운이 좋으면 오르는 거고, 아니면 평생 동안 그 수준에서 멈춰 버리게 되는 거지."

나는 그 체계를 이해하고 전율했다. 지금까지 검술을 익히면서 생각보다는 강해지기 쉽다고 생각했다. 막말로 용병 일만 해도 쉽게 전사 레벨이 오르는 셈이었다.

하지만 레벨이 높아질수록 경험치와는 상관없이 한순간의 깨달음으로 오르게 되는 경지가 존재한다. 그런 점에서 내가 레벨업 능력을 가지고 있는 건 다행이라고 할 수 있다.

설령 경지를 깨닫지 못해도 경험치만 투자하면 강해질 수 있다! 나는 레벨업 능력을 가진 게 천만 다행이라는 사실을 새삼 실감했다.

서드, 이제는 No. 25가 내게 말했다.

"그럼 슬슬 시간이 되었으니까 왕세자님께 가 보라고. 너하고는 라그나로크 작전 때 다시 만날 테니까 그때 다시 얘기하자."

"알겠다."

쉬익!

말이 끝나자마자 No. 25는 복면에 가면을 눌러쓴 채로 쏜살같이 사라져 버렸다. 발끝에 기를 담아서 평소보다 훨씬 빠르게 움직일 수 있는 기술이다. 저런 건 동방에만 비밀리에 전승되는 수법인데 용케도 배웠다.

나는 라그나로크 작전이 뭔지 궁금해졌다.

일단 라그나로크는 폴커 왕국에 전승되는 신룡(神龍)의 이름이다. 동시에 왕족에게 대대로 전해지는 마왕문이기도 하다.

'마왕문.'

센마와 디건이 떠올라서 씁쓸해졌다.

그놈들을 상대로는 속 시원히 이긴 적이 없다.

신룡의 이름을 작전에 걸었다는 것은 왕국의 사활을 걸고 있다는 뜻도 된다. 어떤 작전이길래 실력 위주로만 등용을 하려는지 궁금했다.

아이리츠에게 어제 들은 바로는, 쉐레드 왕자가 작전에 투입하는 인재는 학벌과 지연을 무시하고 오로지 실력자만을 선발하고 있다고 한다. 대귀족의 자제라고 해도 실력이 되지 않으면 가차 없이 퇴출시켰다. 그렇게 모인 인원이 나를 포함해서 12명이라는 것이다.

그리고 나는 특수작전의 대장이 되어서 그들과 함께 임무를 수행한다. 나는 재차 쉐레드 왕세자가 있는 청사로 걸음을 옮겼다.

"흠."

어제와는 공기가 다르다.

마찬가지로 침묵과 정적으로 가득 차 있지만, 신경 쓰일 정도의 투기와 열기로 이글거리고 있었다. 보이지 않지만 여기저기에서 내가 왔다는 사실을 보고 있는 것이다.

나는 [듣기] 능력으로 그들이 어디에 숨어 있는지 대충 파악하고 있었지만 무시해 넘겼다. 그들 중에서 나 서드 레벨의 실력자는 아무도 없다는 걸 느꼈기 때문이다.

똑. 똑. 똑.

예법대로 세 번 문을 두드렸다. 그러자 왕세자의 권태

로운 듯한 목소리가 내 귀에 들려왔다.

"J. S라면 들어오게."

들어오라면 들어간다.

끼익.

내가 방 안에 들어서자, 방 안에는 이미 왕세자를 제외하고도 여섯 명의 인간이 모여 있었다. 그들 하나하나가 내 행동거지를 주시하고 있었다. 제각기 사냥꾼, 도적, 마법사, 기사의 차림을 하고 있었다. 어떤 사람은 그저 로브를 푹 뒤집어쓰고 있었다.

아마 이들이 라그나로크 작전에 투입될 대원들일 것이다. No. 25, 서드는 비밀요원이기 때문에 이 자리에 오지 않은 것 같다.

나는 힐끔 그들 하나하나의 레벨과 이름을 살펴보았다. 처음엔 대수롭지 않게 생각했지만 결과는 꽤 놀라웠다.

'평균 레벨이 28이나 되는군.'

실력자만 골라 뽑았다는 게 거짓이 아니었다. 내 기준으로 레벨이 28이라면, 마법사라면 7클래스 초반이다. 기사라면 검기를 발출하기 직전의 단계였다. 이 자리에 모인 것은 다들 한가닥 하는 녀석들인 것이다.

개중 몇몇은 내게 곱지 않은 시선을 보이고 있었다. 내게 신경 쓰지 않는 녀석이 대다수였지만 유독 싫어하는 녀석이 두 명 보였다.

그때 왕세자가 엄숙한 자세를 하고는 말했다.

"나는 어제 그대를 자작위에 봉했다. 맞는가?"

"맞습니다."

"그럼 묻겠다. 결사대를 이끌고 라그나로크 작전을 성공시킬 수 있겠는가?"

대답은 정해져 있다. 쉐레드 왕세자가 자신의 정치생명까지 걸고 나를 추천한 이상, 나는 어떻게든 임무를 성공으로 이끌어 줘야 한다. 그건 동시에 No. 25를 위하는 길이기도 하다.

"네."

저벅.

그때였다. 옆에서 계속 불만스러운 기색을 감추지 않던 기사 하나가 앞으로 걸어 나왔다. 상당히 호남인데다가 단단한 근육질 체격을 가지고 있었다. 쉐레드 왕세자가 물었다.

"무슨 일인가, 아스칼리온 경."

이름은 정말 멋지다. 레벨을 보니 얼추 29 정도 된다. 나이가 30대 초반으로 보이는데 저 정도 레벨이면 충분히 자기 자신에게 자랑스러워할 만하다. 아스칼리온은 불경죄를 신경 쓰지 않고 불만을 토해 냈다.

"저는 인정할 수 없습니다. 어제까지 평민이었던 자에게 전하께서 자작위를 수여하셨다고 해서, 그를 대장으로 믿고 따르라니요!"

웅성.

잠시 분위기에 동요가 일어났다. 몇몇은 그렇다는 듯 고개를 끄덕였고, 몇은 아스칼리온에게 불쾌감을 감추지 않았다. 절반은 아예 신경도 쓰지 않았다.

"아스칼리온 경. 그 말은 결사대 대장을 선임한 내 판단을 의심하는 것인가?"

"그런 게 아니옵니다."

아스칼리온은 왕세자 앞에 무릎을 꿇고서 결사적인 어조로 말했다. 어찌나 간절한지 손발이 오그라드는 것 같았다.

남자 놈 말톤이 왜 저래? 완전히 문학책에나 나오는 고어체로 말하고 있으니 전신에 닭살이 돋았다.

"무릇 대장은 대원보다 훌륭한 점이 있어서 모범이 되어야 하는 법. 이대로 능력도 실력도 모르는 자를 대장으로 받든다면, 결사대의 단결이 흐트러질까 염려스럽사옵니다."

그럭저럭 말은 된다. 나 같아도 어디서 굴러먹었다 온지 모르는 개뼈다구가 대장이 되면 의심을 할 것이다.

"그럼 어떻게 했으면 좋겠는가?"

쉐레드 왕세자의 말에 아스칼리온이 칼을 뽑아서 내게 겨누었다. 제법 패기가 느껴지는 자세였다.

"제게 이자와의 대련을 허락해 주시옵소서. 그가 저를 패배시킨다면 적어도 저만큼은 승복하고 따르겠나이다."

아스칼리온의 얼굴에는 자신감이 묻어 있었다. 어느 정도는 나를 얕보고 있기도 하고, 자신의 실력을 크게 믿고 있었다. 이런 놈일수록 한 번 넘어지면 크게 다친다는 사실을 알고 있는 나는 그저 헛웃음만 나왔다.

"그건 안 돼."

쉐레드 왕세자의 단호한 말에 아스칼리온은 잠시 벙찐 표정이 되었다. 쉐레드 왕세자는 빙글빙글 사악한 미소를 지으면서 말했다.

"그러면 결사대 대장은 출발하기도 전에 하나하나 쓰러뜨리면서 승복시켜야 되잖나. 아스칼리온 경, 자네가 나머지 여섯 사람의 대표로 싸우게."

"……."

아스칼리온은 예상 밖의 제안에 당황한 표정을 지었다. 왕세자는 빠져나가지도 못하게 옭아매 버린 것이다. 물론 아스칼리온의 실력으로 이 자리에 모인 실력자를 대변하는 건 무리다.

그렇다고 해서 이 자리에서 꽁무니를 빼면 체면이 크게 구겨지고 만다. 아스칼리온은 적지 않게 고민하다가, 결국 힘차게 고개를 끄덕였다.

"알겠사옵니다!"

"끄응."

여기저기에서 불만 어린 소리가 흘러나왔다. 이 자리에서 아스칼리온이 지기라도 하는 날엔 꼼짝없이 남은 인원은 내 명령에 따라야 하는 것이다. 실리보다 자신의 명예를 택한 아스칼리온에 대한 불만이 여기저기서 느껴졌다.

잠시 후 왕세자를 포함해 여섯 명 모두가 1층의 테라스에 모여서 빙 둘러쌌다. 직경 12미터 정도의 공간에 나와 아스칼리온이 서로를 마주 보고 섰다.

아스칼리온은 성격이 급한지, 미리부터 검을 뽑아 둔 채로 검술자세를 취했다. 단단하지만 동작이 유연한 고급 갑옷에, 자세 또한 하루이틀 연마한 게 아니란 게 눈에 보였다.

자세는 대검을 양손으로 잡은 채 귓가에 붙이는 정통 자세다. 얼핏 뻔해 보이지만, 저 자세를 완벽에 가깝게 단련했다는 것만으로도 칭찬해 줄 만했다. 약점이 적은 자세야말로 최고이기 때문이다.

나는 검을 뽑지 않았다. 괜히 이누타브 블레이드를 뽑아 봐야 누군가 알아보면 귀찮아질 뿐이다. 그래서 이계의 작은 방에서 몰래 가져온 기묘한 강철 검을 꺼냈다.

이 강철 검은 미묘하게 많은 부분에서 이누타브 블레이드와 많이 닮아 있었다. 검의 그립이라던가, 굴절도나,

재질까지 쌍둥이라고 해도 믿을 정도였다. 단지 이누타브 블레이드처럼 신묘한 마력이 깃들어 있지 않을 뿐이다.

내가 강철 검을 뽑아 들자 아스칼리온이 눈에 이채를 발했다. 놈도 무기를 보는 눈은 있었다.

"제법 좋은 검이구나. 실력이 따라 줄지 모르겠지만."

"반대야. 실력에 검이 안 따라 줘."

"입만 살아 있는 놈."

나는 솔직하게 대답했지만 아스칼리온은 대놓고 무시해 버렸다. 딱히 허세를 부릴 생각이 없었기에 민망해져 버렸다.

잠시 후 쉐레드 왕자가 크게 손을 내렸다. 그것이 대련 시작의 신호였다. 나와 아스칼리온은 서로를 노려보고 있다가 거의 동시에 움직였다.

내 검이 허공에서 바람을 밀어내며 휘어졌다. 검을 휘두르는 힘이 너무 세서 철의 재질이 못 따라올 지경이 되어 버린 것이다.

"허억?!"

아스칼리온은 공격을 하려다가, 내 검속이 너무 빠른 것을 알아채고 경악하며 수비 자세로 전환했다. 그래도 고레벨인지, 검광이 튀기면서 아스칼리온은 처음의 내 일격을 막아 냈다.

'흠.'

하지만 내 검은 아스칼리온에게 전혀 기회를 주지 않았다. 나는 애시당초 이 녀석과의 대결에서 시간을 오래 끌 시간이 없었다. 길어 봤자 3초 내에 때려눕힐 생각으로 대련을 시작한 것이다.

부우웅.

소리 소문 없이 내 손이 움직이며 긴 잔영을 남기며 허공을 갈랐다. 미처 반응하지 못한 아스칼리온의 눈이 비어 있는 사이에, 다시금 초생달처럼 휘어 버린 강철 검이 정면으로 아스칼리온의 어깻죽지를 때렸다.

'이크, 힘 조절.'

잘못하면 상대가 병신이 되어 버린다.

까가가강!!!

"허허윽!!"

아스칼리온은 비명 소리를 억누르며 어깨를 부여잡았다. 이미 검을 잡고 있던 손이 축 늘어져 있었다. 지금은 한 손으로 겨우 대검을 잡고 있는 상태였다.

"이, 이런."

비틀거리는 아스칼리온은 내가 펼쳐 내는 무시무시한 속강검(速强劍)에 압도되었는지 입을 앙다물고 있었다. 관전하던 누군가가 중얼거렸다.

"끝난 시합이군."

이 자리에 있는 모두가 아스칼리온과 나의 실력 차를

이미 느끼고 있었다. 내가 전력을 다 했다면 처음 일격에 아스칼리온은 머리가 절반으로 쪼개져 버렸을 것이다.

누구보다 그 사실을 실감하고 있는 것은 아스칼리온이었다. 그는 지금의 상황을 믿을 수 없는지 이를 갈았다. 그래도 아직 눈빛이 죽지 않은 걸 보면 나름대로 투지와 근성이 있는 놈이다.

"크아아압!!"

마치 사자 같은 기합 소리를 내지르며 아스칼리온이 한 손으로 대검을 휘둘러 왔다. 놈도 상당한 힘이 있는지 검이 눈앞으로 스쳐 지나갔다. 여유롭게 피하려고 했는데 꽤 아슬아슬하게 되어 버린 것이다.

하지만 이 공격은 무리수였다. 아스칼리온은 다급한 나머지 검술의 기본을 잊어버린 것이다.

나는 자세가 텅텅 비어 있는 아스칼리온의 빈틈에 조용히 검을 밀어 넣었다. 그리 빠르지도 느리지도 않았지만, 이미 아스칼리온의 심장에는 내 검극이 닿아 있었다.

너무 간단한 결론이다. 내가 힘을 빼면서 상당히 봐주었는데도 아스칼리온은 제 실력을 펼치지 못한 것이다.

"……."

"결판이 난 듯합니다."

상황을 결정지은 것은 묵묵히 상황을 지켜보던 어떤 노검호의 말이었다. 저 노검호야말로 일행 중에서 제일 레벨이 높은 검사였다. 그 말에 쉐레드 왕세자가 단호하게 말했다.

"묻겠다, 아스칼리온 경! 결사대의 대표로서 패배를 인정하는가?"

"…인정합니다, 전하."

힘겹게 말하는 아스칼리온의 눈에는 굴욕과 패배감이 짙게 드리워져 있었다. 나는 그렇다 치더라도 앞으로 다른 단원들은 아스칼리온을 그리 좋게 생각하지 않을 것이다.

나중에야 알게 되었지만, 아스칼리온은 필리아딘의 최정예기사단으로 유명한 골든 휩버 기사단의 부단장이었다. 그런 만큼 귀족 선민주의에 빠져 있었는데, 이번에 내게 단단히 데여 버린 것이다.

아스칼리온은 제자리로 돌아가면서 내게 원념을 쏘아 보냈다. 하지만 나는 우습지도 않게 무시해 버렸다. 이제 내게 있어서 아스칼리온 정도는 햇병아리에 불과하기 때문이다.

제6장

재회

일단의 소요가 끝나자, 쉐레드 왕자는 사람들을 모아 놓고 하나하나를 서로에게 소개시켰다. 어찌나 입이 바쁜지 중간에 물을 두 컵이나 마실 정도였다.

"이쪽은 골든 휨버의 부단장인 아스칼리온 경일세. 방금 전에 싸워 봤으니 긴 말은 필요 없겠지? 사이좋게 지내게."

그리 사이좋게 지낼 수 없다. 이미 저놈의 눈빛은 기회만 생기면 날 죽여 버리겠다는 레벨로 바뀌어 있었다.

"이쪽은 실버 호크 기사단장인 쥬엘 경. 아마 일행 중엔 가장 연장자일 거야, 하하. 상당히 믿음직한 분이지."

그건 그렇다. 백발이 성성하긴 하지만 실력이 제일 좋다. 게다가 기사단장이면 판단력도 좋을 것이다. 유사시에 리더 역할을 할 수 있는 사람이다.

"왕국 최고의 대마도사인 토르온 경의 둘째 제자, 팔코스 경. 마도사 연맹의 제1위원 자리를 맡고 있네."

이 사람은 알고 있다. 막쿨의 사형이자 천재적인 재능의 소유자다. 나이는 막쿨과 비슷하지만 이미 7클래스 마스터였다.

"폴커 왕국 동부의 특수부대, 레인저(Ranger)의 최고 실력자인 루시. 여자라고 무시했다간 큰코다친다고 말해 두겠네."

레인저의 명성은 나도 알고 있다. 겨우 500의 레인저로 2만이 넘는 병력을 막아 냈다는 전투가 있을 정도였다.

"그리고 이쪽은 특별히 초능력 도시, 퀘른에서 초빙해 온 초능력의 1인자. 정체를 드러내기 싫다고 해서 로브로 전신을 감싸고 있으니 이해해 주게."

"……."

어째 불길한 예감이 든다.

"마지막으로 이분은, 일행과는 따로 출발하실 걸세. 아마 이번 계획에서 가장 필수적인 역할을 하시게 된달까. 아무튼 출발은 이분을 빼고 자네들끼리 하는 걸로 알아두게."

이걸로 멤버 설명은 다 되었다. 왠지 마지막의 두 명은 자신들의 정체와 레벨을 어렴풋이 감추고 있는 느낌이 들었다. 그럴 리는 없지만, 가짜 레벨을 이용해서 자신의 수준을 감추고 있다는 생각이 든다.

쉐레드 왕세자가 모두에게 손짓했다.

"모두 이리로 와 보게. 지금부터 라그나로크 작전이 무엇인지 자네들에게 설명해 주겠네."

그 말에 모두가 호기심 섞인 표정이 되었다. 역시 나를 포함해서 모두가 작전에 대해서는 한마디 언질도 듣지 못한 것이다. 물론 No. 25만큼은 예외일 것이다.

쉐레드 왕자는 대륙전도를 펼치더니 지금 전황이 어떤지를 일일이 지휘봉으로 짚어 가며 설명했다. 기사들은 익히 알고 있는 사실인 듯 표정에 조금도 변화가 없었다.

"적군 총력은 12만이지만 폴커 왕국 서부의 방어진은 5만에 불과하다. 그것도 적의 병력 중에서 1만이 몬스터 병단이라고 생각하면 거의 세 배나 되는 병력 차이가 나는 셈이다."

생각보다 전쟁은 불리하게 진행되고 있었다. 왕도가 이렇게 평안한 것과는 대조적이었다. 힐끔 전선을 살펴보던 쉐레드 왕세자가 천천히 말했다.

"불행 중 다행으로, 북부 최전방의 콘월 요새와 디레알 요새가 잘 버티고 있어서 전선은 밀리지 않고 있다. 하지만 두 달 이내에 적에게 돌파당한다는 견해가 지배적이다."

"전신(WarLord)이 있지 않습니까?"

내 질문에 왕세자가 고개를 저었다.

"훅스 공은 이미 콘월 요새에 파견되어서 방어에 나서고 있네. 이나마 버티는 것도 모두 훅스 공 덕분이지."

"……."

이미 내가 없던 두 달 동안 훅스 씨는 최전방에 투입된 것이다. 아마 블라스팅은 후방에서 군수물자를 관리하고 있을 것이다.

"에서론 공을 투입하면 조금 숨통이 트이겠지만, 그까지 나서게 되면 적군에서도 사대검호인 볼트 대장군이 출전할 것이다. 그가 나서게 되면 전쟁은 반드시 패한다!"

쉐레드 왕세자의 말에 모두의 표정이 무겁게 가라앉았다. 용병왕이 없는 지금, 대륙 최강의 검사는 다름 아닌 하라바인의 볼트 대장군이다. 이미 훅스 씨와 볼트는 10년 전 한 번 격돌한 적이 있으나, 2,000초 만에 훅스 씨의 패배로 끝났다고 한다.

쉐레드 왕세자는 콘월 요새와, 적국의 수도인 하라빈티아를 차례대로 짚으면서 라그나로크 작전을 설명했다.

"이 전쟁을 우세하게 이끌기 위해서는 적들의 심장부인 하라빈티아를 공격해야 한다. 콘월 요새까지 간 다음에 하라빈티아까지 워프한다. 여기까지가 작전의 절반이다."

"콘월에서 하라빈티아까지 워프라니… 왕세자, 그건 말이 안 됩니다. 거리만 900km가 훨씬 넘습니다."

질린 듯한 얼굴로 팔코스가 반대하고 나섰다. 7클래스 마스터쯤 되면 마법에 있어서는 달인이었다. 그가 안 된다면 안 되는 것이다.

 왕세자가 침착하게 말했다.

 "대규모 병력은 안 되지. 그러나 이 자리에 있는 여섯 명 정도라면 옮길 방법이 있다."

 "그건… 아!"

 뭔가 반박하려던 팔코스가 갑자기 입을 다물었다. 그러고는 쉐레드의 말을 경청했다. 뭔가를 깨달은 표정이었다.

 쉐레드 왕세자가 설명을 이어 나갔다.

 "하라빈티아에 도착하면 여왕이 거처하는 수정천궁(Sky Scraper)에 들어간다. 그리고 몬스터 병단을 제어하는 수정동을 파괴하고, 나아가서는 수정천궁을 도시에 떨어뜨린다!"

 "……!!"

 자리에 모여 있던 모두가 흠칫하고 놀랐다. 그것은 쉐레드 왕세자의 생각과 계획이 너무나 대담했기 때문이다. 그 누구도 생각해 내지 못한 폭파 계획이다.

 수정천궁.

 그것은 하라빈타에 몰려 살고 있는 드래곤들이 자신들의 마력을 투자해서 만들어 낸 거대한 부유 궁전이다. 크기만 해도 수도인 하라빈티아의 1/4에 이르는 어마어마한 규모다.

  수정천궁은 사시사철 어둠의 마력을 생산해 내는 힘을 지니고 있었다. 그 덕분에 제국의 네크로맨서들이나 소환술사들은 마력이 딸릴 걱정을 하지 않고 계속해서 몬스터 병단을 유지할 수 있었다. 심지어 멀리 원정 나온 군대에도 마력을 공급할 수 있는 것 같았다.

  만일 수정천궁이 사라진다면 그 즉시 적군의 몬스터 병단은 폭주하게 될 것이다. 그 폭주 규모만 해도 상상을 초월하는데다, 그들이 전열을 정비하는 사이에 공격하면 폴커 왕국의 승리는 따 놓은 당상이었다.

  하지만 이것은 모두 작전이 성공했을 때의 이야기. 아니나 다를까 무거운 침묵을 깨고 레인저 루시가 입을 열었다.

  "전하. 수정천궁까지 들어가는 데는 이중삼중의 가드를 돌파해야 하나이다. 들키지 않고 잠입했다 해도, 그곳을 호위하는 것은 제국 최고의 실력을 지닌 고수들입니다. 너무나 가능성이 낮은 도박이나이다."

  도박.

  그 말에 사람들의 마음이 무거워졌다. 확실히 하라빈티아를 경비하는 몬스터 가드들의 이목을 피하는 것만 해도 난이도가 높다. 몬스터들의 후각과 감지력은 인간을 뛰어넘기 때문이다.

거기에다가 수정천궁에는 하라바인 제국의 여황이 기거하고 있기 때문에, 엄선된 친위대들은 하나같이 대단한 실력의 고수들이다. 하나하나가 최소한 아스칼리온 급의 실력일 것이다.

 여기의 인원만으로 정면 돌파하는 것은 열 번 죽었다 깨어나도 불가능한 일. 숨어든다 해도 목숨을 몇 번 내놔야 할지 모르는 일이다.

 그러나 쉐레드 왕자가 자신감 넘치는 목소리로 말했다. 그에게는 나름대로의 승산이 있는 모양이다.

 "걱정 말게! 가능성은 있으니까."

 "소신들에게 방법을 전해 주소서."

 팔코스가 머리를 조아렸다. 아닌 게 아니라 그는 진짜로 마음이 타들어 가고 있었다. 마법사들은 도박 따위는 거의 하지 않는다. 만일 사지로 뛰어드는 일이라면, 팔코스는 왕세자에게 미움 받는 한이 있어도 이 일에서 빠질 셈이었다.

 쉐레드 왕세자는 훗 하고 웃었다.

 "비법은 하라빈티아에 도착하면 알게 될 걸세. 그때는 내가 한 말이 무슨 말인지 알게 되네. 지금의 그대들에게 필요한 건 무술 실력이 아니야."

 그 말에 다들 어리둥절해서 쉐레드 왕세자를 바라보았다. 쉐레드 왕세자는 조용히 모두를 한 번씩 응시하며 말했다.

"불가능도 해낼 수 있다고 믿는 용기가 필요하다."

그 순간 그의 등 뒤에서 휘광이 치솟아오른 것은 착각일까? 군주만이 보일 수 있는 위풍이 느껴졌다. 아스칼리온은 단번에 감격해서 머리를 조아렸고, 나머지 사람들도 쉐레드의 위엄에 고개를 끄덕였다.

필요한 것은 용기.

나는 쉐레드 왕세자의 말을 머릿속으로 곱씹었다. 내가 목숨을 내놓는 모험을 통해서 터득한 이치를, 쉐레드 왕세자는 벌써 터득하고 있었다. 확실히 대군주의 그릇이라고 할 수 있었다.

'일이 재밌어지겠네.'

저 녀석이 왕이 되면 더 재밌어질 것이다.

"출발은 6시간 후로 하겠네. 그때까지는 다들 준비를 마치고 이 자리에 모이도록 하게."

시각을 다투는 일이지만, 동시에 목숨이 걸린 일이기 때문에 제한 시간을 준 것 같았다. 나는 그 시간 동안 잠이나 잘까 생각하면서 느긋하게 해산했다.

내가 다시 숙소로 걸음을 옮길 때였다.

"너, 살아 있었구나."

약한 하이톤의 목소리.

"응?"

어두운 골목을 통해서 하급 귀족의 처소로 향할 때였다. 내가 힐끔 뒤쪽을 돌아보자 나를 부른 자가 골목길을 막은 채 서 있었다.

아까부터 많이 신경 쓰였던 녀석이다. 로브로 온몸을 뒤덮고 있질 않나, 전신에 뭘 채워 넣었는지 뚱뚱하게 부풀어 올라서 원래 체형이 뭔지도 알 수가 없었다. 거기에다가 레벨과 이름도 이상하게 보인다.

레이크나그(leicnarg)

Lv. 38 사이오니스트

따지고 보면 그 노검호 다음으로 레벨이 높다. 남녀를 알 수 없는 녀석이지만 퀘른 최강의 초능력자란 말은 맞을 것이다. 레벨이 38이나 된다면 이미 센마나 디건과 자웅을 겨룰 수 있기 때문이다.

나는 살짝 긴장한 채로 레이크나그에게 말했다.

"무슨 일이지? 출발하려면 서로 준비해야 할 텐데."

"말투가 약간 변했네. 가라앉았어."

"……."

레이크나그의 말은 내게 생소함으로 다가왔다. 나는 분명히 오늘 녀석을 처음 보는 것이다. 그런데 놈은 마치 나를 알고 있는 것처럼 말을 하고 있는 것이다.

나는 레이크나그를 경계했다.

"날 만난 적이 있나."

"J. S. 맞지? 퀘른의 난을 제압하고 사방신과 싸우는 모험가. 거기에다가 얼마 전에는 배를 타고 동방으로 떠난 적도 있고."

"…너, 누구야."

나는 서서히 살기를 띄웠다. 이 정도면 나에 대해서 많은 걸 알고 있는 놈이다. 내가 대륙 여기저기를 돌아다녔어도 실상은 잘 알려지지 않은 편이다. 개인적으로 나에 대해 조사를 했다고밖에 볼 수 없다.

레이크나그는 씨익 웃더니 별안간 손을 휙 휘둘렀다.

시드 오브 피닉스(Seed of Pheonix)

쿠르르르릉!!

주황빛의 홍염이 넘실거리며 백열했다. 마치 강물을 연상시키는 것처럼 출렁거리던 홍염은 자연스럽게 불사조의 형상이 되었다. 그 불사조는 허공을 날아오더니 갑자기 두 마리로 변했다.

나는 깜짝 놀라서 뒤로 피했지만, 한 마리가 뒤를 돌며 내 퇴각로를 막았다. 이 정도로 기민하고 완벽한 초능력 운용은 오레이칼코스 이래 본 적이 없다.

어쩔 수 없이 나는 성기사의 기술을 사용했다. 빠르게 강철 검이 뽑히면서 땅을 크게 한 번 내려찍었다. 동시에 백색 파장이 펼쳐 나가며 성스러운 힘을 내뿜었다.

[홀리 바운드.]

시드 오브 피닉스의 불꽃은 홀리 바운드에 막혀서 사라지는 듯했다. 하지만 놀랍게도 레이크나그가 다시 한 번 손을 흔들자, 이번에는 네 마리로 늘어나면서 그 위력을 더했다.

"우웃!"

나는 상대의 실력이 만만치 않은 것을 느꼈다. 아까 상대했던 아스칼리온과는 천지 차이다. 이 정도면 나도 있는 힘을 다 해야 쓰러뜨릴 수 있다.

나는 할 수 없이 그 자리에서 마법 주문을 외워서 상대에게 퍼부었다. 상대가 초능력자라면 저레벨 주문 여러 개를 퍼붓는 건 효과가 없다.

"헬 드라이브(Helll Drive)!!"

7클래스의 주문이 발동하면서 시뻘건 용암이 파도처럼 되어서 골목을 감쌀 것처럼 변했다. 레이크나그는 알 수 없는 표정을 짓더니, 이번에는 한 손에 주먹을 쥐며 나머지 손을 휘휘 저었다.

퍼벙.

'저런!'

헬 드라이브는 허공에서 웬 거대한 마그마 주먹과 부딪히더니 그대로 상쇄되어 버렸다. 딱 헬 드라이브와 같은 위력의 염력을 불러낸 것이다. 상대는 완벽할 정도로 마법사를 상대하는 법을 잘 알고 있다.

나는 마음속으로 상대방의 실력을 인정했다. 계속 싸운다면 내가 이기겠지만, 나 또한 한두 번 죽는 건 피할 수 없을 것 같았다.

"너, 대체 누구야."

"알아서 뭐하게. 너같이 이기적인 녀석이."

아까부터 목소리가 묘하게 하이톤이다. 이 목소리는 남자가 아니라 여자인 것 같다. 내가 수상쩍은 눈으로 레이크나그를 바라보자, 놈은 화난 듯이 고개를 돌리며 말했다.

"됐어! 너랑 나는 아직 얘기할 준비가 안 된 것 같아. 준비가 되면 그때 다시 올게."

"기다려!!"

나는 그대로 블링크를 하며 상대방의 어깨에 손을 뻗었다. 그 순간, 이 광경이 언젠가 겪었던 것과 비슷하다는 생각이 들었다.

그래 분명— 이렇게 손을 어깨로 뻗었고, 그다음에는 갑자기 치솟아오른 불꽃 때문에 손이 탈 뻔해서 물러났는데.

"……!!"

나는 화들짝 놀라서 그대로 손을 뒤로 치웠다. 그 자리에 멈춰 서 있던 레이크나그는 아무것도 하지 않았다. 그렇게 어색한 침묵이 잠시 동안 이어졌다.

레이크나그가 말했다.

"왜 어깨로 손을 뻗지 않아?"

"불탈 것 같아서."

"겁나나 보구나. 붙잡을 수 없나 보네."

레이크나그는 어쩐지 애잔하고 슬픈 목소리로 말했다. 나는 조금만 더 하면 상대의 목소리가 기억날 것만 같은 기분이 들었다. 이 목소리는 정말로 자주 들었던 목소리인데, 아슬아슬한 차이로 기억이 나지 않는다.

응, 잠깐?

퀘른. 초능력자. 여자. 불꽃.

설마… 아닐 거야. 하지만 이렇게 닮은 점이 많은데.

그렇다고 해도 그 녀석이 내 앞에서 정체를 숨길 수 있을 리가 없는데. 머릿속이 뒤엉키면서 혼돈을 빚어 내기 시작했다.

나는 혹시나 하는 마음으로, 떨리는 목소리로 말했다.
"넌… 그랑시엘?"
"……."
레이크나그는 내 쪽을 돌아보았다. 나는 흠칫하고 놀랐지만, 그 로브 밑은 시꺼먼 암흑으로 가득 차 있어서 얼굴을 확인할 수가 없었다. 나는 위험하단 걸 알면서도 그 암흑 속으로 손을 넣어 보고 싶은 충동에 시달렸다.

이윽고 표정도 얼굴도 확인이 되지 않는 레이크나그가 내 손을 홱 하고 뿌리치면서 고요히 말했다.
"그렇다면 어떻게 할 건데? 그녀에게 사과할 거야?"
"물론!"
나는 단호하게 대답했다.

그때 잘못된 선택을 했다는 건 이제야 깨달았다. 인간의 마음을 읽을 수 있다는 사실을 들켜서 헤어진 게 잘못되었다. 설령 마음을 읽을 수 있더라도, 함께 있을 수 있는 길을 찾아 보지 못한 건 왜일까.

다시 만나면 반드시 그랑시엘에게, 무로스에게 사과해야만 한다. 나 때문에 그들과 헤어져 버리게 되었다. 지금이라도 좋으니 그들에게 용서를 구하고 싶다.

한참 동안이나 나를 올려다보던 레이크나그가 말했다.

"그러면, 그냥 죽어 버려…."

새까만 증오의 눈동자가 나를 노려보고 있었다.

"아, 잠깐!"

스윽.

그러고는 레이크나그는 텔레포트 능력으로 소리 소문 없이 사라져 버렸다. 나는 레이크나그가 사라지는 것을 보면서도 막지를 못했다.

느껴지는 것은 분노와 절망. 레이크나그의 마음을 읽으려고 했지만 그마저도 제대로 되지 않았다. 상대는 마치 공허의 막으로 마음속을 두른 것 같았다.

레비가 조심스럽게 말했다.

[주인님. 상대가 사용한 것은 초능력 계열 5차 상위 능력인 소울 디스팅션(Soul Distinction)입니다. 8클래스 이하의 모든 정신 간섭을 무효화시킵니다.]

"5차 상위 능력."

나는 상대가 그랑시엘일 경우를 생각하고 망연해졌다. 만일 그랑시엘이라면, 헤어진 두 달의 시간 동안 엄청난 성장을 거듭한 게 분명하다. 하지만 그랑시엘을 돌봐 주기로 했던 무로스는 어찌 된 일이란 말인가?

다시 만나서 이야기하지 않으면 안 된다. 다시 만나게

되면 반드시 그랑시엘에게 사과하고, 무로스의 행방을 물어보겠다. 레비가 말했다.

[그리고 말씀드릴 게 있습니다. 블랙북이 알현하고 싶다고 요청해 왔습니다.]

"알현? 잘못 말한 거 아냐."

[들은 대로 말씀드렸습니다.]

"……."

알현이란 말은 왕을 대면할 때나 쓰는 말이다. 블랙북이 평소부터 장난기 덩어리란 걸 알고 있으니 수상할 수밖에 없다. 그건 그렇고 레비와 블랙북은 같은 레벨업 시스템으로 연결된 사이인 것 같다.

나는 곧 고개를 끄덕였다.

"불러 봐."

[넵. 블랙북 소환(Summon The Blackbook)!!]

레비가 자체적으로 발현하는 스킬. 동시에 내 눈앞에 예전에는 보이지 않던 시꺼먼 오망성 흑마법진이 드러났다. 블랙북은 그 차원의 문 틈새로 몸을 비집고 천천히 모습을 드러내기 시작했다.

파지지직.

차원이 비명을 지르면서 블랙북을 거부한다. 이것도 예전에는 보이지 않던 것이다. 마치 그 존재만으로도 이 세상이 뒤틀린다는 반응이다. 이렇게 흉흉하고 불길한 힘이 이 세상에 존재한다니!

'내가… 이놈을 잘못 생각했던 게 아닐까?'

이윽고 블랙북의 소환이 끝나면서 시꺼먼 책 한 권이 허공에 붕붕 떠 있게 되었다. 이번에는 저번처럼 요란한 팡파르를 터뜨리거나 하진 않았다.

부우웅.

대신 허공에서 블랙북은 흑암의 원형으로 변하기 시작했다. 그 흑암은 시야를 빨아들일 듯이 불길했다. 잠시 후 흑암이 변형하면서 하나의 형태를 만들어 내었다.

미색의 극치에 달한 흑령(黑靈).

그것은 흑색 단발머리에 태극 문양의 펄렁한 옷을 입고 있는 괴인이었다. 그저 외모는 아름답다고밖에 표현할 수 없을 정도의 극치였다. 남녀를 구분할 수 없는 체형에 신체의 조화가 완벽했다.

단지 눈가에 흐르는 흉흉하고 불길한 오오라가 블랙북의 미태를 가리고도 모자라, 두려움마저 느껴질 정도였다. 이 세상 그 자체를 부정하는 듯한 악(Evil)이 느껴졌다.

블랙북은 머리를 한 차례 쓸어 넘기며 말했다. 지금까지와는 달리 오만함과 굴종이 뒤섞여 있었다.

"처음 뵙겠습니다. 나의 왕."

누가 들었을까 봐 화들짝 놀라고 말았다.

"왕이라니."

나는 변해 버린 블랙북의 모습에도 적응하지 못했지만, 그 말에는 더욱 익숙해지지 못할 것 같다. 세상에 나를 보고 왕이라니?! 블랙북은 다소곳이 고개를 숙였다.

"세계의 혼돈을 수습할 왕이여. 나 블랙북은 퀸틸리온을 얻은 순간부터 그대를 왕으로 인정하기로 했습니다."

그러더니 바로 한쪽 무릎을 꿇으며 기사처럼 신하의 예를 갖추는 것이었다. 그 모습은 한 폭의 그림으로 담아도 될 정도의 기치와 예품을 지니고 있었다. 예술가가 붓 끝으로 그려 낸 우아함이 느껴졌다.

"제 충성을 받아 주십시오."

저 말 또한 진심이다.

"아, 아, 아니 잠깐!! 무슨 소리야."

나는 상황이 파악되지 않아서 당황해 버리고 말았다. 이건 정말로 예상외의 상황이다. 지금까지는 뜬금없이 나타나서 능력을 각성시켜 주고, 다른 차원에 보내 주었다. 그러더니 이제 와서 나를 왕이라면서 충성을 맹세하다니!

연결이 되지 않아도 정도가 있다. 나는 상황을 정리하기 위해서 블랙북을 일으켜 세우며 말했다.

"넌 블랙북이잖아?! 책이 사람이 된 건 그렇다 쳐도, 나를 왕이라고 부르는 이유는 뭐야. 성격은 왜 달라졌냐고!"

나도 정신이 없다. 다시 만나면 블랙북에 중지라도 치

켜세울 예정이었는데, 이러면 머릿속이 혼잡해진다. 블랙북은 자기 어깨를 잡은 내 손을 내려다보니 살풋이 미소를 지었다.

"지금부터 설명해 드리지요."

"그래. 설명해 봐."

블랙북은 내 허리춤 뒤쪽에 매달려 있는 적룡의 검갑을 매만졌다. 그러다 보니 자연스럽게 내 품에 안기는 식이 되었다. 절세미녀가 끌어안고 있으니 약간 심장이 두근거렸다.

"이누타브 블레이드를 감싸고 있는 것은 적룡의 검갑. 적룡이라 함은 레드 드래곤을 말하는 것입니다. 그러면 어떤 드래곤이 신검(神劍)을 봉인할 수 있을까요."

"……."

그건 생각해 본 적 없다. 내 능력으로도 물건의 유래까지는 알 수 없기 때문이다. 바로 그때 블랙북이 훗 하고 웃으며 말했다.

"이 적룡의 검갑은 용왕(龍王) 그 자체. 용왕의 힘으로 동방신을 억누르고 있습니다. 누군가가 봉인을 푼다면, 적룡의 검갑은 그 순간 용왕으로 화하게 됩니다."

용왕! 나는 그 말에 소스라치게 놀랐다.

용왕은 태초에 사방신과 함께 세계를 창조했다는 존재다. 최초의 에인션트 드래곤들을 낳았고, 명부왕과 천사

왕에 맞먹는 권능을 지닌 절대존재였다. 블랙북의 눈이 새빨갛게 빛났다.

"그렇다면 무엇일까요, 이누타브 블레이드란. 용왕이 직접 아티팩트가 되어서까지 봉인해야 할 힘이란 건."

"……!!"

나는 엄청난 속도로 결론에 도달했다. 그리고 반쯤 정신을 잃을 것만 같았다. 하지만 그런 말도 안 되는 일이 있을 수 있단 말인가!

있을 수 없다.

하지만 블랙북의 말대로라면 모든 것이 설명된다. 므나쎄는 이누타브가 샘물에 봉인되어 있지 않다고 했다. 거기에 내가 퀘른에서 겪었던 이누타브의 각성. 뿐만 아니라 현존하는 이누타브의 성기사가 전 세계에 오직 나뿐이라는 것.

나는 떨리는 목소리로 말했다.

"설마… 이누타브 블레이드는…."

"후후후. 설명은 슬슬 필요 없겠군요."

가볍게 교소를 터뜨린 블랙북이 내게서 한 걸음 뒤로 물러났다. 그리고는 재차 고개를 숙였다.

"그렇습니다. 이제 오랜 잠에서 깨어나실 때가 되었습니다, 동방의 신왕(神王)이여. 저는 그대의 종복으로써 모든 역할을 수행했습니다. 새로운 몸체를 선택했으며,

그 몸체가 뛰어난 경험을 쌓도록 했으며, 이윽고는 절대 동력 퀸틸리온을 흡수시켰습니다. 이로써 그 어느 때보다도 완벽한 신체(神體)가 완성되었습니다."

퀸틸리온….

그랬구나. 드래곤을 가디언으로 세워 둔 건, 내 호기심을 자극시켜서 반드시 퀸틸리온을 얻으러 가게 하기 위해서였구나.

나는 멍하니 블랙북을 바라보면서 말을 잇지 못했다. 오레이칼코스와 대등한 힘을 지닌 블랙북이다. 현신한 블랙북에게 달려들어 봐야 오레이칼코스 때와 똑같은 일이 벌어질 것이다.

"깨어나십시오, 이누타브여."

웅웅웅웅웅.
우으으으으으—!!!
"크아아아아악!!!"
나는 격통에 비명을 질렀다. 말 그대로 전신을 용암으로 녹이는 괴로움이 파도처럼 밀어닥쳤다.

동방신 이누타브는 샘물에 봉인된 게 아니었다.
이누타브 블레이드에 용왕의 힘으로 억눌려 있었다!
블랙북의 말이 끝나는 순간 이누타브 블레이드가 어마

어마한 기세로 명동했다. 무지개 빛 파장이 번져 나오면서 내 몸을 마비시켰다. 적룡의 검갑은 덩달아서 힘을 내뿜으며 사방을 겁화(劫火)로 가득 채웠다.

내 눈앞에 환영이 펼쳐졌다. 그것은 그 몸집만으로도 세계를 가득 채울 정도로 거대한 적룡의 용틀임이었다.

이것이 용왕. 용들의 어머니이다.

적룡은 분노하며 포효한다.

[동방의 이누타브가 깨어나면 세계는 멸망한다! 막아라, 인간이여!! 나 별의 흉왕에게 명령받은 용왕으로써 세계를 수호하리라.]

"크… 윽… 흐아아."

전신에서 연기가 솟아오른다. 토할 것 같은 기분이 계속된다. 나는 벌레처럼 몸을 꿈틀거리면서 내 의식을 찾으려고 애썼다.

쿠콱.

잠깐 기절해 버렸다. 이누타브의 거대한 의식이 종이를 뚫듯이 내 의식을 박살 내며 지면에서 솟아오른다. 내 정신력도 현자 열 명과 맞먹는데, 이누타브 앞에서는 종잇장과 다름없다.

'이게, 신의 힘.'

생명의 나무 세피로트의 정점에 도달한 자! 나와 비교하면 100배로도 차이가 메워지지 않는다. 그 사실에 절망했다.

의식 세계에서 이누타브가 서서히 몸을 일으킨다. 이누타브의 의식체는 거대한 손을 뻗어서 용왕의 머리를 누르기 시작했다.

동방신 이누타브가 조롱하듯 말했다.

[용왕. 그동안 수고했다. 용병왕 때와는 달라. 용병왕이 중앙신의 사자였다는 사실을 몰랐던 내 실수였지. 그러나 이 평범한 인간은 결코 나를 막을 수 없다.]

[크우우우우우!!!]

용병왕?!

내가 뜻밖의 사실에 놀라고 있을 때 이누타브가 한 손을 더해서 용왕의 머리를 잡아챘다. 그러고는 의식 세계에서 용왕의 머리를 바닥에 처박아 버렸다.

[이만 가라.]

꾸우웅.

용왕은 그 한 방으로 정신을 잃어버리고 말았다. 하급신을 수도 없이 잡아먹었다는 용왕이 저렇게 간단하게! 의식 세계에서 느껴지는 이누타브의 힘은 격이 틀렸다.

지금까지 싸워 봤던 어떤 상대를 저울에 올려 두어도 바위와 솜털 같은 차이가 날 정도다. 설령 그 저울에 다른 사방신을 올려 두어도 마찬가지다.

이런 괴물이 퀸틸리온의 힘을 얻는다면 세상은 끝장이

다! 그때는 봉인도 통하지 않을 것이다.

나는 급격한 공포를 느끼면서 이누타브를 막으려 했다. 그러나 이누타브는 서두르지도 않고 서서히 내 의식 세계를 풀어헤쳤다. 한 번에 없애 버릴 수도 있는데 장난을 치고 있다.

기억이, 사라진다. 생각이, 없어진다.

동방신 이누타브가 기분 좋게 웃었다.

[신검에서 보았던 너의 의지와 정신력은 감탄할 만했다, 인간. 레벨업이란 능력은 뭔지 모르겠으나 그것도 내가 차지해 주마. 신의 고귀한 육체가 된다는 것에 감사하라.]

"레벨업을… 모른다고?"

나는 힐끔 블랙북을 바라보았다. 그건 있을 수 없다. 블랙북은 레벨업을 알고 있다. 블랙북은 그 시선이 신경 쓰였는지 이누타브에게 텔레파시를 보냈다.

—신왕이여. 레벨업이란 안셀무스가 안배한 마지막 신의 권능이옵니다. 저는 그 시스템에 동화해서 그대에게 이 힘을 바치려 했나이다.

기억이 날아갔다. 그런데 어떤 기억이 날아갔는지 모르겠다. 생각이 없어진다. 그런데 내가 뭘 생각해야 하는지 모르겠다.

[그렇군. 안셀무스는 끝까지 나를 짜증나게 하는구나.

아무려면 어떤가. 이젠 의미 없는 일이다.]

나는 누구지?

신들의 싸움 틈바구니에서 발악하고 있는 나는 대체 누구지? 나는 왜 여기에 있는 걸까. 내가 살아가는 이유는 무엇일까.

내가 살아가는 이유가 뭔가. 이 질문은 언젠가 한 번 했었던 것 같은데. 그때는 내가 어떤 대답을 했었던가. 잘 기억이 안 난다.

이누타브는 갑자기 의식 세계 진입이 막히자 불쾌한 듯, 크게 손을 저었다. 그러자 내 기억이 다시 한 번 크게 박살 나면서 구멍이 뚫렸다. 차라리 머리에 총을 맞는 게 낫다는 생각이 든다.

싸워 왔던 모든 추억, 경험, 감동이 사라진다.

내가 어떤 인간이었는지 기억할 수 없게 된다.

"아."

…그랬지. 내가 살아가는 이유에 대해서 말하고 있던가. 그 답은 간단명쾌하다. 나는 이제야 그 이유를 알 것 같다.

그냥 살아간다. 살아가는 데 이유가 어딨나. 무위도식 해도 좋고, 모험을 해도 좋다. 무언가를 위해서 살아가는 건 취향 차이일 뿐이다.

슬슬 생각의 주체도 바뀌는군.

재회 277

아 맞다. 난 J. S가 아니라 방랑자였구나.

그러니까 방해하면 안 된다.

흘러가는 건 흘러가는 대로 내버려 둬야 한다. 그 끝에 혼돈이 있든, 죽음이 있든 놔둬야 한다. 인과율을 벗어난 존재는 더 이상 흐름에 관여해서는 안 된다.

그리고 동방신 이누타브가 퀸틸리온을 얻는 것은 인과율을 초월하는 행위. 그것은 용납할 수 없다. 인간 J. S의 의지를 무시하는 일이며, 동시에 이 세계가 만들어진 이유를 부정한다.

그러므로.

"절대자 데우스 엑스 마키나의 명령이다."

"뭐?!"

블랙북이 경악한다.

[뭐라고!!! 아니 이게 무슨 소리인가.]

이누타브도 놀라는군.

둘 다 놀라지 마라. 이건 그의 명령을 대행하는 방랑자(Wishmaster)로서 행하는 일일 뿐이니까. 너희의 바람은 인과율을 부수기 때문에 억제할 뿐이다. 너희를 소멸시키지는 않아.

나는 손을 저으며 말했다.

"모든 배우는 원래 위치로 돌아가라."

돌아간다.
블랙북은 기억을 잃고 다시 책으로 되돌아간다.

돌아간다.
용왕은 기억을 잃고 다시 검갑이 된다.

이누타브도 기억을 잃고 다시 검으로 봉인된다.

모든 것이 되돌아간다. 신에게 시간 정지와 시간 간섭이 안 먹힌다고? 이건 그런 게 아니야. [세계] 전체의 의지를 강제로 뒤로 밀어내는 일이지.
 이른바 [세계회복(World Restoration)]이지.
 말해 두지만 이건 나쁜 일이다. 방랑자로서 생각해 봐도 그렇다. 이야기의 결말은 어디까지나 이야기 그 자체 안에서 이루어지도록 해야 하며, 수단에 의지해서는 안 된다.
 …라고 어떤 유명한 작가가 말했지.
 하지만 이번에는 어쩔 수 없어. 연극 무대에 올라와서 취객이 소란을 피운 거잖아. 극작가로서는 총알을 쏘든 대포를 쏘든 간에 배우들을 보호해야 할 의무가 있는 거라고.

그렇게 생각 안 하니?

내 친구 레비.

[저도 그렇게 생각하네요. 슬슬 J. S로 돌아가 주실래요? 소란이 길었던 것 같아요.]

오랜만에 방랑자 모드라서 꽤 즐거웠는데 금세 축객령을 내리는구나. 하긴 나 같은 방랑자가 오래 머물러 있으면 좋은 소리는 못 듣지.

그러면 다음에 볼 때는 뭘로 만날지 결정해 두자.

인간 말고 고양이는 어떨까?

[고양이는 싫어요.]

나쁜 놈. 나는 고양이가 좋단 말이다.

꽤 오랫동안 길가에서 잠들어 있었던 것 같다. 레이크나그가 가 버리고 나서 졸려서 그냥 길가에서 자 버렸구나. 어쩔 수 없이 몸 위의 먼지와 한기를 털어 버리고 자리에서 일어났다.

레비가 말했다.

[약속 시간까지 정확히 6분 15초 남았습니다.]

아, 그렇게 자 버렸나. 잠버릇은 역시 어쩔 수 없나 보다. 하긴 6시간을 정확히 맞출 필요도 없지만.

나는 그대로 텔레포트 주문을 외워서 청사로 이동했다.

뛰어가면 5분은 걸리겠지만, 주문을 외우면 1초면 충분하다. 역시 마법은 편리하다.

다행히도 일행 중에서 내가 제일 늦게 온 건 아닌 것 같았다. 나 말고도 두 명이 도착하지 않았다. 기사인 아스칼리온과 쥬엘 경은 진작에 도착해 있었고, 팔코스 경은 불안해하며 서 있었다. 레인저인 루시는 나를 곱지 않은 눈으로 보고 있었다.

루시가 시비를 걸듯이 말했다.

"대장. 빨리빨리 와서 기다리지?"

"미안하군."

나는 건성으로 사과했다. 오지 않은 건 레이크나그와, 마찬가지로 전신을 로브로 감싼 의문의 괴인. 의문의 괴인은 쉐레드 왕자의 말로는 나중에 출발하겠다고 했으니 레이크나그만 오면 된다.

쉬익!

"왔어."

"……."

레이크나그는 정시가 되어서야 텔레포트로 도착했다. 약속 시간에 늦은 건 아니었지만 사람들이 보는 눈이 곱지 않았다. 하지만 태연하게 시선을 무시할 뿐이었다.

나는 빙긋 웃으며 말했다.

"그럼 이제 출발하지. 우리 결사대는 작전 [라그나로

키를 실행한다."

그 말에는 다들 진중한 표정이 되었다. 이 작전에 국가의 운명이 달려 있는 것이다. 나는 사람들을 이끌고 왕자에게 설명 받은 대로 잠입 루트를 따라 움직이기 시작했다.

일단은 콘월 요새까지 가야 한다. 쉐레드 왕자의 말에 따르면 작전은 길어도 일주일 이내에 성공해야 전쟁을 유리하게 만들 수 있다고 한다. 그러면 콘월까지 걸어가는 건 무리다.

말을 타고 가도 힘들다. 말을 타고 이틀 밤낮으로 달려야 한다. 그래서야 임무를 수행할 체력이 남지 않는다. 쉐레드 왕자가 생각해 낸 방법은 도시 간의 텔레포트 마법진을 최대한 빠른 시간으로 이동하는 것이었다.

수도 필리아딘, 바라간, 로텐, 슈스린, 그리고 콘월.

다섯 번은 텔레포트를 해야 도착할 수 있다. 우리는 쉐레드 왕자가 미리 준비해 둔 비밀기지를 향해 이동하기 시작했다.

비밀기지에는 마법사 대여섯 명이 미리 도착해서 기다리고 있었다. 그들은 가타부타 말도 없이 마력을 끌어올리며 텔레포트 마법진을 구동했다. 마법사들의 리더가 조심스럽게 말했다.

"이건 마도사 연맹도 모르게 하는 일입니다. 잡히면 누구도 당신들을 도와주지 않을 것입니다."

도시 간에 몰래 텔레포트 마법진을 만들어서 다니는 행위는 법으로 사형이다. 우리가 마법사들에게 걸리면 그대로 전투를 치러야 할 것이다. 신속하게 이동할 수밖에 없다.

부웅!

그렇게 로텐까지 도착했을 때였다. 지금까지 가만히 있던 마법사, 팔코스 경은 희미하게 웃으면서 말했다. 모두의 이목이 쏠렸다.

"걱정은 안 해도 될 게야. 쉐레드 왕자가 이런 일을 한다면, 아마 그만한 이유가 있기 때문이지. 콘월까진 안전하게 도착할 걸세."

팔코스의 말대로였다. 콘월에 도착한 것은 출발한 지 정확히 5시간 반이 걸려서였다. 그 시간도 식사 시간이나 이동 시간 때문에 걸린 것뿐이었다.

콘월의 비밀 마법진은 요새 궁성 지하에 있었다. 시꺼먼 어둠을 뚫고 텔레포트로 도착하자 그제야 북방 최전방에 왔다는 실감이 났다. 군수물자가 곳곳에 산처럼 쌓여 있었다.

"세븐스 라이트."

내가 빛의 광구를 여러 개 띄우자, 순식간에 공동이 환해졌다. 팔코스 경이 내가 마법을 쓰는 걸 보자 크게 놀랐다.

"자네 마법 실력이 젊은 나이에 대단하군! 설마 자네는 상급 마검사인가?"

그 말에 아스칼리온과 쥬엘 경이 얼굴에 이채를 떠올렸다. 마검사란 존재는 보기도 힘들고, 게다가 상급 마법사는 대륙을 통틀어서 채 10명도 되지 않았기 때문이다. 나는 힐끔 레이크나그를 쳐다보곤 대답했다.

"마검사는 아닙니다. 그것보다 서둘러 콘월 성주를 만나도록 하죠."

현재의 콘월 성주는 켈두스가 아니었다. 켈두스는 반란 혐의로 수도에 압송되어서 사형을 당했고, 그 대신에 전략전술의 귀재로 유명한 줄리앙 백작이 성주가 되어 있었다.

지하통로를 통해서 지상으로 나가자, 이미 연락을 받은 듯 백색 갑옷을 입은 기사들이 기다리고 있었다. 그들은 내게 꾸벅 고개를 숙이더니 말했다.

"성주께서 기다리고 계십니다."

"음."

철컹철컹.

그들의 갑옷은 상당히 잘 연마되어 있는 것 같았다. 좋은 갑옷이 있을수록 전쟁에서 살아남기 쉽다. 거기에다가 지닌 실력도 상급 기사급이었다. 나는 성주의 방으로 올라가다가 물었다.

"혹시 화이트 유니콘입니까?"

"그렇습니다."

기사는 솔직하게 대답해 주었다. 화이트 유니콘은 폴커 왕국에서도 숙련된 경기병들이 전국에서 모여서 지옥 훈련을 거친 끝에 다시 선발된 100명의 최정예들. 화이트 유니콘은 다른 왕국과의 전쟁에서 예봉을 꺾는 최선봉의 역할을 맡고 있으며, 그들 하나하나의 실력은 정규 기사들을 압도할 정도라고 한다.

이렇게 잘 알고 있는 것은, 모험을 시작할 때 이미 화이트 유니콘의 정예와 싸워 본 적이 있기 때문이다. 다행히 이들 중에는 아는 얼굴이 없었다.

줄리앙 성주의 방에 들어가자 한 명의 기사가 시립해 있고, 줄리앙 성주가 서서 기다리고 있었다. 그는 우리를 보고 반가운 표정을 지었다.

"오! 오셨군, 왕자께 언질을 들었소."

"환대는 감사하지만 시간이 없습니다. 성주께서 갖고 계신 비밀 출입로를 알려 주셨으면 합니다."

"음 그래. 임무에 충실한 모습이 보기 좋구려."

줄리앙 성주는 흡족한 듯 고개를 끄덕였다. 그런데 옆에 시립해 있던 기사가 나를 보더니 흠칫했다. 그러고는 말했다.

"아닛! 너는 내 부하들을 해치운 그 부랑자."

"어?"

나는 힐끔 그 기사를 쳐다보았다. 기사는 당장이라도 검을 뽑을 기세였다. 그제야 나는 놈의 이름을 확인하고 반가운 표정을 지었다. 이 녀석은 예전에 한 번 만난 적이 있다.

"오랜만이군, 미드로엔! 용케도 아직 콘월에 있었네."
"네놈이 어떻게 내 이름을 아는 거냐!"

미드로엔은 열받아 하면서도 의아해했다. 줄리앙 성주는 의외의 상황에 놀라워하다가 우리 둘을 번갈아서 바라보았다. 그러더니 내게 물었다.

"서로 아는 사이요?"
"예전에 그와 싸운 적이 있습니다."
"허어! 그렇군."

그러자 미드로엔이 이를 악물고 한 발 앞으로 걸어 나오면서 줄리앙 성주에게 고했다.

"성주! 저자는 켈두스 백작의 호위 당시에 괴인들과 함께 우리를 습격했던 마검사입니다. 저런 자를 믿을 수는 없습니다!"
"정말인가."

들은 적이 있는지, 줄리앙 성주의 눈이 차갑게 가라앉았다. 뒤편에 서 있던 아스칼리온이 내가 들으라는 듯 이죽거렸다.

"마검사 아니라면서?"

"넌 닥치고 있어."

여기서 일이 틀어지면 큰일 난다. 나는 줄리앙 성주에게 차분하게 상황을 설명했다.

"결과적으로 켈두스는 극형을 당했습니다. 게다가 저도 그때는 괴인들과 한 패가 아니었습니다. 자세한 사정은 이 임무가 끝난 후에 설명해 드리겠습니다."

줄리앙이 뜬금없이 말했다.

"그대가 마검의 현자였군."

"네?"

갑자기 모두가 황당해했다. 그러고 보니 카르르기한테서 그런 말을 들은 기억도 난다. 줄리앙 성주는 털털하게 웃으면서 말했다.

"아아. 나도 들은 적 있네. 퀘른의 난을 혹스 공과 함께 제압한 적이 있다고 했지. 역시 왕세자께서는 사람을 함부로 쓰지 않는군."

"성주님!!"

미드로엔이 악을 질렀지만 줄리앙은 더욱 차가운 눈으로 그를 돌아보면서 말했다. 듣는 사람이 서늘해지는 음성이었다.

"원래 자네는 켈두스가 사형당했을 때 같이 모반 혐의로 처형당했어야 마땅하다. 내 옆에 두고 있는 건 화이트 유니콘의 신임을 얻고 있기 때문이야. 전후사정을 모르면 경거망동하지 말게."

"…네. 알겠습니다."

미드로엔은 그 말에 기가 죽어서 고개를 숙였다. 이제 보니 죽었어야 할 목숨을 줄리앙이 살려 준 것이다. 그러니 고양이 앞의 쥐처럼 꼼짝 못할 수밖에 없다. 줄리앙 성주는 내게 말했다.

"보면 알겠지만, 높은 협곡 사이에 지어진 이 콘월 요새는 일천으로 십만 대군을 막아 낼 수 있는 천혜의 요새요. 그리고 우리 주둔 병력은 일만. 원래는 적들의 기가 빠질 때까지 붙잡아 둘 수 있소."

"몬스터 병단 때문입니까?"

"그렇소. 적의 지휘관은 전쟁에 잔뼈가 굵은 볼트 대장군. 그는 얼마 전부터 하피와 그리폰을 이용해 생체폭탄을 날려 대기 시작했소. 우리 쪽 피해는 적지만, 이 공격이 계속되면 머지않아서 전멸할 거요."

"우리가 가야 할 길을 알려 주십시오."

줄리앙 성주가 고개를 끄덕였다.

"성주에게만 대대로 전해지는 대피로가 있소. 성 뒤편의 대피로로 가서 준비된 텔레포트진을 타시오. 그 텔레포트진은 특별한 거라서 바로 하라빈티아 근처까지 갈 수 있소."

"특별…?"

"가면 알게 되오."

팔코스는 뭔가 알고 있는 표정을 지었다. 나는 호기심이 생겼지만 가서 보는 게 재밌을 거란 생각에 마음을 읽지 않았다.

우리는 성주와 호위대를 따라서 성 뒤편으로 향했다. 곧 줄리앙 성주가 웬 흙벽 앞에 서더니 나직이 마법의 주문을 외웠다.

쿠르르릉.

"룬 어로군요."

팔코스가 감탄했다. 룬 어는 세상에서 사라진 지 오래되어서 알고 있는 사람이 많지 않다. 확실히 이런 대피로는 아무도 알지 못할 것이다.

저벅

대피로는 제법 길었다. 걸어가는 사람들은 저마다 주변을 둘러보면서 경계했다. 지진이 나도 무너지지 않게 안쪽에 벽을 만들고 보강공사를 한 게 눈에 보였다.

그때 쥬엘 경이 내게 말했다.

"대장. 느낌이 심상치 않네. 전투 준비를 하는 게 좋을 것 같소."

"그렇네요."

쥬엘이 말을 하지 않아도 그런 생각은 하고 있었다. 내 청력으로 감지한 바로는 저만치 앞쪽에 웬 무리가 기다리고 있었다. 숫자가 우리의 두 배가 넘으니 쉽사리 상대할 수 없을 것 같았다.

나는 줄리앙 성주에게 말했다.

"여기서부터는 위험할 것 같으니 돌아가시는 게 좋을 것 같습니다. 성주의 몸에 이상이 생기면 전황이 위험합니다."

"아니, 무슨 말이오? 대피로 근처에 경비병을 세워 두었는데. 저 앞이 위험할 리가 없소."

"경비병은 다 죽었습니다."

"……."

내 말에 줄리앙 성주는 하얗게 질린 얼굴로 서둘러 자리를 떠났다. 그는 머리가 좋아서 지금 어떻게 된 상황인지 눈치챈 것이다. 적들은 이미 마법진까지 침투해서 매복하고 있었다.

결사대는 다들 저마다의 무기를 집어 들었다. 곧 전투가 시작된다는 걸 직감한 것이다. 나는 아스칼리온을 힐끔 돌아보며 말했다.

"어깨는 괜찮나?"

"고양이 쥐 걱정해 주는군. 큐어 주문을 받아서 다 나았다! 네 할 일이나 잘해!!"

"대장한테 할 말버릇이 아닌걸."

나는 투덜거리면서 앞으로 걸어 나갔다. 나는 어떤 상황에서도 살아남을 자신이 있었으므로 내가 선봉에 서는 게 맞다. 이윽고 백여 미터를 더 걸어갔을 때였다.

슈욱.

갑자기 희끄무레한 게 달려들면서 손톱을 발출했다. 그 속도는 인간으로 보기에는 너무 빨랐다. 하지만 내 눈에는 슬로모션으로 보일 뿐이라서, 나는 살짝 놈의 옆을 스치면서 수도(手刀)로 목덜미를 쳐서 기절시켰다.

빠박!

쿵.

깔끔하게 일격을 넣자, 연속해서 덤벼들려던 적들은 움츠러드는 기색이었다. 나는 씨익 웃으면서 강철 검을 뽑았다.

"한바탕 신나게 싸우자고."

두둥.

내 뒤를 따라서 결사대가 장내에 뛰어들었다. 아스칼리온과 쥬엘은 평소부터 합격술을 많이 연습한 듯, 서로의 등을 1미터 이상 떨어뜨리지 않으면서 폭풍처럼 적진으로 돌격했다. 레인저 루시는 그런 둘을 뒤쪽에서 화살로 엄호했다.

팔코스 경은 한 번에 쓸어버리려는 듯 주문을 준비하고 있었다. 주문이 완성되면 아마 체인 라이트닝이 발사

될 것이다. 뜻밖에 레이크나그는 별로 의욕이 없는 듯 팔짱만 끼고 있었다.

나는 레이크나그에게 말했다.

"안 싸워?"

"위험하면 나설게. 어차피 필요도 없겠지만."

"……."

그 말대로다. 지금 사방에서 덤벼들고 있는 놈들은 라이칸스로피. 웨어울프나 웨어베어들이 오십 마리도 넘게 있다. 하지만 놈들은 내가 항구에서 맞닥뜨렸던 놈들보다는 훨씬 약해 보였다. 이쪽 전력이면 상처 하나없이 섬멸할 수 있다.

쉬칵!

나는 달려드는 웨어울프들을 베어 내면서 적들의 대장이 어디 있는지 신경이 쓰였다. 아무리 그래도 이 정도의 웨어울프 무리라면 통제하는 대장이 있을 게 분명하다.

그때였다.

뻐어엉.

"커허허헉!!"

"쥬엘 경!!"

음속이 돌파하는 소리와 함께 쥬엘 경이 저만치로 튕겨 나갔다. 쥬엘 경의 검사 레벨은 임페리얼 40. 이 자리에 있는 사람들 중에서 가장 높다. 그런데도 한 방에

HP가 거의 다 깎여 버렸다.

쥬엘 경은 절벽에 스르르 기대듯이 쓰러졌다. 다행히 의식은 잃지 않았지만, 큰 상처 때문에 숨만 몰아쉬면서 전방을 노려보고 있었다.

그러더니 장내에 나타난 거대한 은빛 웨어울프를 보며 탄식했다. 그는 이미 저 웨어울프를 알고 있었다.

물론 나도.

"…풍왕 시우겐. 당신이 여기 오다니."

"풍왕!!"

그 말에 아스칼리온을 비롯한 모두가 깜짝 놀랐다. 특히 내 놀라움은 더욱 컸다. 풍왕을 상대한 지 꽤 시간이 지났지만, 풍왕은 도리어 예전보다 더욱 강해져 있는 것 같았다.

시우겐 파크(풍왕)

Lv. 25 웨어로드
Lv. 15 가이아엘더
Lv. 5 드래곤 슬레이어
Lv. 10 하울링 네스트

기다란 은빛 갈기. 그리고 3미터에 이르는 거구. 하지만 군살 없이 완벽하게 단련된 근육. 거기에 자연스럽게 치솟는 투기가 보는 사람을 주눅 들게 했다.

나도 시작부터 풍왕이 원래 모습을 드러낸 건 처음 봤다. 나와 싸울 때도 나중에야 전력을 다한 것이다. 풍왕은 쥬엘을 알고 있는 듯 말을 꺼냈다.

[그때의 전사가 아직 살아 있었군. 훅스를 졸졸 따라다니던 게 엊그제 같은데, 인간은 벌써 노인이 될 나이인가?]

"크큭… 30년이나 지났소. 그런데 당신은 늙지를 않는군. 젠장…."

허탈하게 웃던 쥬엘은 그 자리에서 기절해 버리고 말았다. 깜짝 놀란 팔코스 경이 주문을 재빨리 완성해서 풍왕에게 쏘아 냈다.

"체인 라이트닝(Chain Lightning) 아크(Arc)!!"

기이잉.

사방팔방으로 수십 개나 되는 뇌전이 쏘아지며 풍왕을 노렸다. 풍왕은 그 공격을 애들 장난처럼 피했지만, 주문의 진수는 잠시 후 발현되었다. 뇌전은 갑자기 원형 마법진을 만들더니 풍왕을 안에 가둬 버렸다.

빠지지지직!!

거대한 원에 갇힌 풍왕에게 어마어마한 전류가 흘러들

었다. 풍왕은 상당한 압력을 느끼는지 몸을 낮추다가 갑자기 입을 벌렸다.

[쿠어어어어어!!]

콰광.

그 노갈성이 한 번 터져 나오자, 7클래스에서도 강력한 주문진이 한 번에 박살 나 버렸다. 팔코스 경은 회심의 마법이 무위로 돌아가자 입가에서 피를 흘리며 비틀거렸다. 루시가 찰나간의 빈틈을 놓치지 않고 그대로 화살을 연속으로 다섯 발을 날리고, 옆에서는 아스칼리온이 겁도 없이 달려들었다.

[흥. 애송이들.]

파바바박.

풍왕은 비웃음을 지으면서 보이지 않는 속도로 손을 휘둘러서 화살을 다섯 발 모두 잡아 내었다. 그리고 검격을 날려 오는 아스칼리온의 배갑에 발차기를 날려 버렸다.

빠르다! 웬만한 사람의 눈에는 움직임이 보이지도 않을 것이다.

쿵 하는 소리와 함께 아스칼리온이 허공으로 튀어 오르자, 풍왕은 한 손에 잡은 화살을 그대로 아스칼리온에게 날려 버렸다. 아스칼리온은 기겁하면서 간신히 급소를 보호했다.

까가강.

하지만 그때는 이미 풍왕이 뛰어올라서 다시 한 번 내려차기를 하고 있었다. 아스칼리온의 얼굴에 절망이 들어찼다.

"끄아아악!!"

검이 부서지면서 아스칼리온은 땅에 처박혀 버렸다. 그나마 한 방에 안 죽은 건 풍왕이 봐주었기 때문이다. 루시는 자신의 화살이 다 잡힌 걸 보자 기가 질렸는지 뒤쪽으로 물러났다.

그야말로 압도적인 위용!!

상위 마족들이 괴물이라고 부르며 두려워할 이유가 있다. 웨어 일족에 군림하는 제왕인 것이다.

나는 그런 풍왕을 보면서도 아무것도 하지 않았다. 절대 맨몸으로 허투루 달려들어서 이길 상대가 아니다. 그제야 풍왕은 나를 바라보며 말했다.

[간만이군, 소년. 역시 너는 내 생각대로 강해졌구나. 예전과는 비교할 수 없을 정도로!]

나는 강적에게 칭찬을 받자 약간 쑥스러워졌다.

"칭찬 고맙군. 하는 김에 여기서 비켜 주면 안 될까?"

내 간절한 바람에 풍왕이 큭 하고 웃었다. 가당치도 않은 소리라는 반응이다.

[시스테마인이 말했지. 한 번까지는 용납되지만, 두

번 놓치게 된다면 나는 다음번엔 네 손에 죽을 거라고. 이번이 너와 나의 마지막 싸움이 될 것이다.]

"네 녀석, 그놈을 아는 거냐?"

내 질문에 풍왕이 말했다.

[알고 있다.]

나는 왠지 모를 호승심이 생겼다. 나와 시스테마인, 둘을 모두 만나 본 풍왕이라면 어느 쪽이 강한지 알고 있을 것이다. 어차피 나와 시스테마인은 언제고 결판을 내야 하는 사이다.

스르릉.

나는 강철 검을 집어넣었다. 그리고 조용히 이누타브 블레이드를 뽑아내었다. 그것만으로도 팽팽한 긴장감이 감돌기 시작했다.

"나와 시스테마인 중 어느 쪽이 더 강한지 봐라."

풍왕 시우겐은 내 의도를 파악했는지 헛웃음을 터뜨렸다. 하지만 꽤 즐거운 듯했다. 풍왕도 전투에 미쳐 있는 전투광인 것이다.

[후후. 그 용족의 천재를 이기겠다고? 그래, 내가 너희를 평가해 주겠다!]

"아, 그 전에 잠깐."

[뭐?]

갑자기 맥을 끊고 나온 것은 지금까지 조용히 보고만

있었던 레이크나그였다. 사람들은 갑자기 레이크나그가 나온 이유가 이해되지 않는 기색이었다. 나도 레이크나그가 하는 말에 집중했다.

다섯 걸음을 걸어 나왔다.

풍왕은 레이크나그를 물끄러미 내려다보았다. 레이크나그는 흑암으로 물들어서 보이지 않는 로브 속을 들어서 풍왕을 올려다보았다.

"당신은 내가 쓰러뜨릴게."

[…….]

풍왕은 황당한 눈으로 레이크나그를 내려 보았다. 나도 레이크나그가 이해되지 않아서 쳐다보았다. 확실히 레이크나그 정도면 풍왕을 상대할 수 있을 것이다. 하지만 이긴다는 보장이 없다.

레이크나그는 잠깐 흥, 하고 웃더니 말했다.

"무로스 말대로 이 아티팩트는 내 정체를 잘 숨겨 주네. 이젠 필요 없어."

펄렁.

그러더니 레이크나그가 얼굴에 쓰고 있던 로브 머리를 벗었다. 그러자 기다란 귀가 먼저 드러나고, 옅은 백색 머리가 흘러나왔다. 못 본 사이에 단발이 아니라 긴 머리가 되어 있었다.

그랑시엘(사신의 탑에 오른 자)

Lv. 43 사이오니스트
Lv. 9 선홍혈의 주인
Lv. 6 하프엘프

 그 모습은 차라리 예전에 봤던 엘프 로드, 페드라크를 연상시킬 정도로 엘프를 닮아 있었다. 녀석은 안경을 고쳐 끼면서 빙긋 웃었다.
 "잘 봐, 바보야. 내가 이 멍멍이를 일대일로 쓰러뜨릴 테니까."

〈『레벨업』 제6권에서 계속〉

레벨업

1판 1쇄 찍음 2010년 10월 8일
1판 1쇄 펴냄 2010년 10월 11일

지은이 | 크로스번
펴낸이 | 정　필
펴낸곳 | 도서출판 뿔미디어

기획 | 이주현, 한성재
편집책임 | 권지영
편집 | 장상수, 심재영, 조주영, 주종숙, 이진선
관리, 영업 | 김미영
출력 | 예컴
본문, 표지 인쇄 | 광문인쇄소
제본 | 성보제책사

출판등록 | 2002년 9월 11일 (제1081-1-132호)
주소 | 부천시 원미구 상3동 533-3 아트프라자 503호 (우)420-861
전화 | 032)651-6513 / 팩스 032)651-6094
E-mail | BBULMEDIA@paran.com
홈페이지 | www.bbulmedia.com

값 8,000원

ISBN 978-89-6359-663-1 04810
ISBN 978-89-6359-481-1 04810 (세트)

※파본은 본사나 구입하신 서점에서 교환하여 드립니다.

※이 책은 (도)뿔미디어를 통해 독점 계약되었습니다.
저작권법에 의해 보호를 받는 저작물이므로 무단 전재와 무단 복제를 엄금합니다.

참신하고, 끼와 재미가 넘실대는
신무협·판타지 소설을 모집합니다.

참신하고, 끼와 재미가 넘실대는 신무협 판타지 소설을 모집합니다.

많은 장르 소설 작품을 보아 오며,
"나라면 이렇게 할 텐데……."
라고 생각하며 떠올렸던 기발한 소재와 아이디어가 있다면,
마음껏 지면에 펼쳐 보시기 바랍니다.

뛰어난 문장력? 정교한 구성력?
그런 건 그다지 중요하지 않습니다.
재미와 참신함으로 중무장된 작품이라면 열렬히 대환영입니다!

소재에 제한은 없으며, 분량은 한 권(원고지 850매 내외)입니다.
작성 양식은 자유이며, 보내실 때는 꼭 파일로 작성하여 이메일로 보내 주시기 바랍니다.

다만, 호환 마마에 버금가는 미풍양속을 저해하는 단란한 내용은 사절입니다.
특히 엔터 신공은 절대불가! 최고 결격 사유입니다.

저희 도서출판 뿔미디어와 함께
즐겁고 유쾌하게 작가의 꿈을 키워 나가시기 바랍니다.
홈페이지로도 많은 참여 바랍니다.

홈페이지 오픈
www.bbulmedia.com

부천시 원미구 상3동 533-3 아트프라자 503호 (우)420-861
도서출판 뿔미디어 작품 모집 담당자 앞
전 화 : 032-651-6513   FAX : 032-651-6094
이메일 : bbulmedia@paran.com

십무지경

위상 신무협 장편 소설

평범한 이급살수 고휘산
지금 그의 처절한
도약이 시작된다!

천형과도 같은 금제는
문제가 되지 않는다!
끊임없는 노력 앞에
그 무엇이 두려우랴!

십무의 경지를 향한 집념은 기적을 만드니
세상의 밤을 지배하는 자가 되리라!

세상 가장 낮은 곳에서 시작하여
절대의 권좌에 오를 때까지
신화를 향한 도전은 시작되었다!

3권 발행 예정

무한진격

영락제 신무협 장편 소설

남자의 가슴 속에 자리한 웅심!
전설이 된 사내의 숨가쁜 행보가 펼쳐진다!

남자란 모름지기 가슴 속에 꿈을 품는 법!
하나 꿈으로만 그친다면, 어찌 사내대장부라 할 수 있으랴!

무적교룡? 그래봤자 수적으로 끝났으나,
나 한율은 다르다!
험난한 여정? 세찬 도전?
그따위 것 전혀 문제될 건 없지.
왜냐하면, 난 전설이 될 테니까!

장강을 넘어 천하를 경동시킨
호쾌한 사나이의 거침없는 무한 일로행!

4권 발행 예정

하인무적

원하 신무협 장편 소설

초월적 절대 강자의
가문 살리기 대작전!
진정한 유쾌함의 극치를 맛보다

뭐든지 말이란 끝까지 들어야 되고
성급한 판단은 언제나 잘못된 선택을 만든다

사부의 유언을 잘못 해석한 섭운
그가 자청하여 시작한 하인 생활이
몰락해 가던 황가장에 새바람을 불어넣는데‥

그 누구도 내 허락 없이는 함부로 해할 수 없다

공간을 격하며 날아드는 주먹은 적을 무찌르고
황가장을 향한 일편단심은 역사를 만든다!

전설을 넘어 신화가 된 한 사내의 여정!
바로 이것이 진정한 하인 생활 백서다!

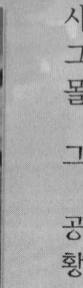

5권 발행 예정

http://www.bbulmedia.com